소원을
이루어주는 섬

소원을 이루어주는 섬

유영광 장편소설

The Wishseekers

클레이하우스
CLAYHOUSE

꿈을 오랫동안 그리는 사람은 마침내 그 꿈을 닮아간다.

– 앙드레 말로

하늘과 땅이 처음 생기던 날,
'아무르'라는 이름의 신이 있었다.

아무르는 어두운 하늘에
해를 만들어 낮을 밝히게 하고,
별과 달을 만들어 밤을 비추게 했다.

텅 빈 땅에도 그의 손길이 닿았다.

식물이 자라나 땅을 푸르게 했고,
동물이 태어나 그 위에서 뛰어놀았다.

마지막으로 인간을 만들어
모든 것을 다스리도록 했다.

세상은 더할 나위 없이 아름다웠다.

✦

그중에서도 인간을 유난히
사랑했던 아무르는
뾰족한 이빨도, 날카로운 발톱도,
두꺼운 가죽도, 가벼운 날개도 없는
인간을 위해 각기 다른 재능을 만들어
그들에게 나누어 주었다.

더불어 세상에 태어난 목적과
살아가는 이유를
스스로 알게 하였다.

하지만 인간은 얼마 지나지 않아
서로 싸우고 다투기 시작했다.

누구의 재능이 더 뛰어난지,
누구의 삶의 목적이 더 훌륭한지,
서로 비교하고 시기한 탓이었다.

결국 이를 보다 못한 아무르는
인간이 삶의 이유와
목적을 알지 못하게 하였고,

주어진 재능 또한
쉽게 알 수 없도록 감추어 버렸다.

또다시 인간에겐
연약한 육체만 남게 되었다.

아무르는 낮을 주관하는 행복의 여신과
밤을 다스리는 불행의 여신을 불러
그들을 돌보게 하고,
더는 인간 세상에 관여하지 않기로 한다.

얼마 뒤, 두 줄기 빛과 함께
여신들이 땅에 모습을 드러냈다.
지상에 내려온 두 여신의 눈에
가장 먼저 띈 것은
힘없이 살아가는 인간의 모습이었다.

이를 안타깝게 여긴 행복의 여신은
고민 끝에 '희망'을 만들어
그들이 어떠한 어려움 가운데서도
살아갈 수 있도록 하였고,

✦

‘꿈’과 ‘용기’, ‘사랑’을 만들어
희망을 잃지 않도록 했다.

비로소 인간의 마음에
기쁨과 평안이 찾아왔다.

인간은 우울하고 무기력한 삶에서
벗어나게 해 준 행복의 여신을 숭배했고,

지상에는 그녀를 찬양하는 소리가
날마다 높아져 갔다.

한편, 그 모습을 지켜보던
불행의 여신은 행복의 여신을
점점 질투하기 시작했다.

그녀는 ‘걱정’, ‘불안’, ‘미움’,
‘원망’, ‘후회’ 등을 만들어
자신도 행복의 여신처럼
숭배를 받고자 했다.

✴

그러나 자신이
아무리 많은 감정을 만들어 내도
행복의 여신이 만들어 놓은
희망의 힘이 너무나 컸기에,

인간은 그녀가 만든 감정을
온전히 느끼지 못한다는 걸
알게 되었다.

기회를 엿보던 불행의 여신은
행복의 여신이 자리를 비운 틈을 타서
인간이 가지고 있던 꿈과
용기를 빼앗아 버렸다.

하지만 그럼에도 인간은
그녀의 감정에 물들지 않았다.
그들에게는 아직
사랑이 남아 있었기 때문이다.

이를 알아챈 불행의 여신은
그마저도 인간에게서 빼앗고자 했지만,

그때 자리를 비웠던
행복의 여신이 돌아오게 된다.

당황한 불행의 여신은
차마 모든 사랑을 빼앗지 못하고,

사랑의 극히 일부만을 남겨둔 채
멀리 달아나 버렸다.

...

그리고 수많은 세월이 지났다.

차례

The Wishseekers

1

"그래서 어떻게 되었나요?"

쏟아질 듯 별빛이 가득한 하늘 아래서, 소년이 허름한 차림의 노인 옆에 앉아 물었다.

"행복의 여신은 불행의 여신을 뒤쫓아 갔단다. 그리고 두 여신 간에 큰 싸움이 벌어졌지."

노인은 말을 멈추고 잠시 뜸을 들였다. 으레 이야기의 마지막 부분을 앞두고 그가 늘 하는 버릇이었다.

"싸움은 어찌나 치열했던지 열흘 밤낮이나 계속되었다지 뭐냐. 폭풍이 수백 번 몰아치고, 번개가 수천 번 내려친 후에야 비로소 끝이 났단다."

노인은 앙상하게 마른 손가락으로 번개가 쏟아지는 모양을 만들었다. 입으로도 '콰광'하고 그럴듯한 천둥소리를 냈다.

"결과는 행복의 여신의 승리였어. 불행의 여신이 산산조각 난 채로 흩어져 버렸거든. 하지만 행복의 여신 또한 온전치는 못했지. 너무 많은 힘을 써 버린 탓에 몸을 움직이기도 힘들 만큼 지쳐버린 게야."

노인은 옆에 있던 나뭇가지로 땅바닥에 무언가를 그렸다. 두 쌍의 작은 날개와 한 쌍의 커다란 날개였다.

"하는 수 없이 행복의 여신은 요정과 천사를 불러 불행의 여신이 숨겨 놓은 꿈과 용기를 지키도록 했단다. 그리고 긴 잠에 들기 전 마지막으로 이런 말을 했다고 하더구나."

"무슨 말이요?"

소년이 참지 못하고 노인을 재촉했다.

"자신에게 꿈과 용기를 가지고 오는 자에게는 무엇이든 소원을 들어주겠노라고."

"치, 거짓말."

소년은 기껏 이야기해 준 노인을 앞에 두고 버릇없이 코웃음을 쳤다. 서운할 법도 한데 노인은 덤덤하게 대꾸했다.

"좋을 대로 생각하려무나. 난 그저 들은 대로 이야기해 준 것 뿐이니까."

"진짜로 행복의 여신이 소원을 들어준다면, 왜 아무도 행복의 여신을 찾으러 가지 않는 거죠?"

"그건 불행의 여신 때문이지."

노인은 다듬지 않아 제멋대로 자란 수염을 쓰다듬었다.

"아까 불행의 여신은 죽었다면서요?"

"불행의 여신은 죽지 않았어. 단지 산산조각이 났을 뿐이지. 그녀는 조각난 채로 사람들 마음속에 들어가 버렸단다. 그리고 누군가 꿈과 용기를 찾으려 할 때마다 끊임없이 속삭이기 시작했지. 그것을 찾는 일이 얼마나 어려운지, 그들이 얼마나 무능하고 보잘것없는지를 말이야."

소년은 노인의 이야기를 좋아했다. 마을 사람들은 모이면 언제나 남의 험담을 하거나 불평을 하며 시간을 보냈지만, 노인은 그런 말을 한 번도 꺼내지 않았기 때문이다. 그저 여기저기서 주워들은 재미있는 이야기들을 들려줄 뿐이었다.

"영감님은 어떻게 이런 이야기를 알고 있는 거죠?"

원래도 입담이 좋았지만, 오늘은 동전이라도 한 닢 던져 줘야 할 만큼 흥미로웠다. 노인이 왜소한 몸은 그대로 두고 고개만 살짝 옆으로 돌렸다.

"내 꼬마 친구가 알려 주었지."

노인의 시선이 향한 곳에는 곤히 잠을 자고 있는 어린아이가 있었다.

"프랫이요?"

프랫은 마을에서 소년을 제외하고 유일하게 노인과 가까이 지내는 작은 남자아이였다. 사람들은 그의 머리가 나쁘고 엉뚱한 소리를 한다고 하여 '브룬델'이라는 원래 이름 대신, 멍청이라는 뜻의 '프랫'이라고 불렀다.

"프랫의 이야기라면 더더욱 믿지 못하겠어요. 프랫은 언제나 이해할 수 없는 말만 하니까요."

노인은 말없이 빙그레 웃어 보였다. 소년의 대답에 동의한다는 뜻인지, 그렇지 않다는 뜻인지 모호한 웃음이었다.

"어쨌든 전 이제 가 봐야겠어요."

소년이 일어나면서 저도 모르게 '끙'하고 앓는 소리를 냈다. 꽤 오랜 시간을 앉아 있느라 다리가 저렸는지, 한 차례 술 취한 사람처럼 비틀거렸다. 노인은 그런 소년을 앉은 채로 배웅했다.

"그래, 조심히 가거라."

노인과 헤어지고 집으로 돌아가는 소년의 머리 위에는 여전히 별들이 빛나고 있었지만, 소년은 그중 어느 별도 볼 수가 없었다. 앞을 볼 수 없었기 때문이다.

소년은 지팡이로 바닥을 두드리며 걸음을 서둘렀고, 곧장 집으로 향했다.

소년의 집은 마을 중심가에서 한참이나 벗어난 곳에 있었다. 하도 외곽에 있다 보니, 변두리라기보다는 끝에 있다고 하는 게 더 맞는 표현이었다. 소년은 허름하고 비슷비슷한 모양의 집들은 지나쳐 그중에서도 가장 낡은 집으로 들어갔다.

문을 열고 들어오는 소년을 보며, 탁자에 앉아 술을 마시던 남자가 대뜸 화부터 냈다.

"어딜 갔다가 이제야 오는 거냐!"

소년이 말없이 남자를 지나치려고 하자, 남자가 다시 입을 열었다.

"너 설마 또 묘지 옆 거지를 만나고 오는 길이냐?"

소년은 여전히 묵묵부답이었다.

"쯧쯧, 뭘 잘못했는지 몰라도 그 늙은이는 저주받은 게 틀림 없어. 그 흉측한 꼴을 좀 봐라. 물론 넌 보지 못하겠지만, 네가 만약 그 노인네를 볼 수 있었다면 절대로 가까이하려고 하지 않았을 게다."

남자는 술 묻은 입가를 소매로 닦으며, 노인이 얼마나 괴상 하게 생겼는지를 설명하려 했다. 그 사이 소년이 먼저 남자의 말을 가로챘다.

"저도 사람들에게 들어서 그 영감님이 어떻게 생겼는지 정도 는 알고 있어요. 하지만 전 어차피 볼 수 없는데, 그게 무슨 상 관이에요?"

소년이 오늘 만나고 온 노인의 얼굴은 심하게 일그러져 있었 다. 게다가 난쟁이에, 다리까지 없어서 키라고 해봐야 평범한 사람의 종아리 정도에 겨우 올 뿐이었다. 노인은 평생 씻지 않 은 것처럼 지저분한 몰골이었고, 언제 갈아입었는지조차 알 수 없는 누더기를 걸치고 있었다. 심지어 냄새까지 심해서 마을 사람들은 하나같이 그를 멀리했다.

"그리고 마을에서 영감님만큼 저랑 얘기를 많이 나눠 주는 사람은 없어요."

"바로 그게 문제라는 거다. 그 노인네는 항상 꿈이네 뭐네 하면서 이상한 헛소리를 지껄인다지? 폴, 꿈은 현실을 보지 못하는 얼간이들이 만들어 낸 뜬구름 같은 이야기일 뿐이야. 그딴 걸 생각할 시간에 차라리 술이나 마시는 편이 낫지."

남자는 말을 마치고 술병을 입에 가져다 댔다. 그가 앉아 있는 탁자에는 들고 있는 술병을 제외하고도 이미 서너 병의 술병이 널브러져 있었다. 남자는 술을 한 모금 들이켜고는 방으로 들어가는 폴의 뒷모습에다 대고 소리쳤다.

"괜히 딴 데다 정신 팔지 말고 지금 하는 일이나 열심히 하는 게 좋을 거다! 그 기회마저 놓쳐 버리면 넌 평생 남에게 구걸이나 하면서 먹고살아야 할 테니 말이야."

폴은 언제나 같은 말을 되풀이하는 아버지를 뒤로한 채 자신의 방으로 들어갔다. 방은 난방이 되지 않아 썰렁했고, 가구라고 할 만한 것들조차 제대로 갖춰져 있지 않았다. 짚단을 대강 묶어 흰색 천을 덮어 둔 게 그나마 침대라면 침대였다. 폴은 몸의 한 부분이나 다름없는 지팡이를 문 옆에 세워 두고 침대에 쓰러지듯 몸을 뉘었다. 그리고 잠들기 전 늘 하던 대로 신께 기도했다.

"내일이 오지 않게 해 주세요."

하지만 그의 바람과는 달리 어김없이 아침이 찾아왔다. 먼동이 터오자 하늘은 연한 보랏빛으로 번져 갔고, 새벽안개가 엷고 낮게 방황의 성 골목 구석구석에 깔렸다. 아직 세상은 깊은 잠에 빠져 있었다.

딸랑. 딸랑.

우유를 팔기 위해 수레를 끌고 지나가는 노인의 방울 소리가 여느 때처럼 하루의 시작을 알려왔다. 웅크리고 있던 집 없는 개들이 하나둘 깨어나 기지개를 켰고, 주먹보다 작은 새들이 창가로 몰려가 자기들끼리 소란을 떨었다. 얼룩무늬 고양이 한 마리가 창문으로 뛰어올랐으나, 헛손질만 할 뿐이었다. 마을은 금방 분주해졌다.

"하암."

폴도 무거운 몸을 일으켰다. 대충 얼굴을 씻고는 손가락을 이용해 머리를 몇 번 매만지는 것으로 단장을 끝냈다. 마지막으로 거실 탁자에 놓여 있던 빵 조각을 입에 반쯤 욱여넣었다. 딱딱하게 굳은 것이 나무껍질을 씹는 것과 별반 다를 게 없었지만, 폴은 별로 개의치 않는 표정이었다. 오히려 당연하다는 듯 크게 한 입을 베어 물고, 지팡이를 챙겨 자신이 일하는 모포 가게로 향했다.

"폴, 너 이 녀석!"

가게에 채 들어서기도 전에 가게 주인 스티브의 성난 목소리가 들려왔다. 평소에도 친절과는 거리가 멀었지만, 오늘처럼 화를 내는 것도 드물었다. 스티브는 손에 두툼한 모포를 든 채 그를 노려보고 있었다.

"사정이 딱해서 일하게 해 줬더니만, 은혜를 원수로 갚아?"

"갑자기 무슨 말씀이세요?"

폴이 당황해하자, 그가 더욱 소리를 높였다.

"지금 그걸 몰라서 묻는 게냐?"

스티브는 들고 있던 모포를 폴에게 던졌다. 모포는 곧장 날아가더니, 폴의 얼굴에 맞고 그대로 바닥에 떨어져 내렸다.

"긴말하지 않겠다. 여기 네 멋대로 만든 물건을 가지고 당장 가게에서 나가거라! 두 번 다시 이곳 근처엔 얼씬거리지 말고."

폴은 무언가 찔리는 게 있었는지 기어들어 가는 목소리로 우물거렸다.

"죄송합니다."

"흥, 변명은 필요 없다. 난 너에게 기회를 줬고, 넌 그 기회를 스스로 저버린 거야."

폴이 아무런 대꾸도 못 하고 자리에 못 박힌 듯 서 있자, 스티브가 또다시 소리를 질러댔다.

"빨리 나가지 않고 뭘 하고 있는 거냐? 이제는 장사까지 방해할 셈이냐!"

결국 폴은 스티브가 어깨를 잡아끄는 바람에 끌려가다시피 밖으로 나와야만 했다. 그의 손에는 먼지 묻은 모포 몇 장만 힘없이 들려 있었다.

폴이 가게에서 쫓겨난 이유는 주인의 말을 듣지 않았기 때문
이다. 스티브는 그에게 모포 만드는 법을 알려 주면서, 질이 좋
은 양털과 그렇지 못한 양털을 절반씩 섞어 모포를 만들도록
가르쳤다. 하루는 폴이 궁금함을 참지 못하고 그에게 물었다.

"왜 꼭 그렇게 만들어야 하죠?"

스티브가 손에 침을 발라가며 돈을 세고 있다가 건성으로 대
답했다.

"그래야 단가를 낮출 수 있으니까."

"하지만 그러면 모포는 금방 구멍 나 버리고 말 거예요."

"그럴수록 더 좋은 거지. 그래야 사람들이 다시 사러 올 테니
까. 넌 그냥 내가 시키는 대로만 하면 돼. 쓸데없는 질문은 그만
하고."

"네…."

폴은 처음엔 스티브의 말대로 일을 했지만, 언젠가부터 고급
양털을 조금씩 더 넣기 시작했다. 그러다 며칠 전부터는 아예
질 낮은 양털을 몽땅 빼 버렸고, 이 사실을 알게 된 스티브가
그를 쫓아낸 것이다.

'이제 어떡하지?'

무작정 길거리로 나오기는 했지만, 폴에게는 딱히 갈 곳이

없었다.

'이대로 집에 돌아가면 아버지가 나를 가만두지 않을 거야.'

폴은 앞으로 벌어질 일들을 떠올리자 끔찍한 생각이 들었다. 아버지는 항상 열심히 살지 않으면 거지가 될 거라며 으름장을 놓았고, 그럴 때마다 길에서 구걸하는 자신의 모습이 떠올라 슬픔에 잠기곤 했다.

'아버지의 말이 맞는지도 몰라. 처음부터 내가 할 수 있는 일은 아무것도 없었을 거야. 거지가 되는 것 빼고는 말이지.'

폴은 가뜩이나 좁은 어깨를 축 늘어뜨렸다.

역시 이럴 때 떠오르는 건 거지 노인뿐이었다.

2

폴은 어렸을 때부터 마을 사람들이 이상한 노인에 관해 이야기하는 것을 들었다. 키가 매우 작고 흉측한 모습의 노인이 마을 어딘가에 살고 있다는 것이었는데, 누군가는 그를 가리켜 정신 나간 노인이라 했고, 누군가는 저주받은 노인이라 했다. 폴은 노인이 참 불쌍하다고 생각했지만, 그것도 잠시뿐 곧 기억에서 희미해져 갔다.

비가 올 것도 아니면서 하늘만 잔뜩 찌푸린 날이었다. 폴은 어머니가 잠들어 있는 묘지에 가져갈 꽃을 사기 위해 마을 외곽으로 향했다. 하지만 오랜만에 와서 그런지 길을 헤매고 있을 때, 어디선가 도움의 목소리가 들려왔다.

"꽃을 파는 곳은 앞으로 좀 더 가야 하네."

폴은 누군가 자신이 가고자 하는 곳을 정확히 알고 있다는 것도 놀라웠지만, 마을에서 처음 들어보는 낯선 목소리라는 점이 그를 경계하게 만들었다.

"누구시죠?"

그러자 낯선 목소리가 대답했다.

"신경 쓸 것 없네, 난 그저 자네가 길을 잃어버린 것 같아 도와주고자 했을 뿐이니까."

"제가 길을 잃은 건 어떻게 아셨죠?"

폴이 여전히 경계심을 풀지 않은 채로 물었다.

"사실 난 오래전부터 자네를 지켜봐 왔다네. 자네가 지팡이를 짚고 거리를 다닐 때도, 어머니 장례를 치르기 위해 무덤으로 향할 때도, 그리고 가끔씩 꽃을 파는 가게에 들를 때도 자네를 보았지."

"그 말은 저를 줄곧 감시해 왔다는 말인가요?"

"감시라니."

상대는 말도 안 된다며 껄껄 웃어 댔다.

"난 단지 자네처럼 젊은 나이에 지팡이를 든 사람에게 조금더 관심이 갔을 뿐이네. 나 같이 다리 없는 늙은이가 온종일 하는 일이라고는, 지나다니는 사람을 구경하는 일밖에 없으니까."

폴은 그제야 이 낯선 목소리의 정체가 마을 사람들이 말하던 이상한 노인이라는 것을 알아차렸다.

"그런데 왜 이런 곳에 계시는 거죠?"

노인이 주름 가득한 얼굴로 보기 흉한 미소를 만들었다.

"난 여기서 행복을 팔고 있다네."

"행복이요? 그런 것도 팔 수 있나요?"

"지금 자네 발밑에 놓여 있지 않은가."

폴은 지팡이를 이용해 바닥을 두들겨 보았다. 과연 지팡이 끝에 무언가 걸리는 게 있었다. 둔탁한 소리가 날 만큼 딱딱했고, 크기도 모양도 일정하지 않았다. 폴은 얼른 허리를 숙여 조심성 없이 손을 가져다 댔다.

"이건 그냥 돌멩이잖아요?"

"그건 '행복의 돌'이라는 걸세. 그 돌을 가지고 있으면 누구나 행복해질 수 있지."

폴은 누구나 행복해질 수 있다는 말에 귀가 쫑긋해졌다. 적어도 그의 주변에는 자신이 행복하다고 말하는 사람이 없었기 때문이다.

"좀 더 자세히 말씀해 주실 수 있나요?"

노인이 끓는 가래를 한 차례 뱉어내고 거친 목을 가다듬었다.

"큼큼, 원래 이건 아무한테나 말해 주는 게 아닌데…."

그런 것 치고는 미리 외워 둔 것처럼 이야기가 술술 나왔다. 이미 혼자서 수차례 연습을 해본 게 분명했다. 노인은 지저분한 손 위에 지저분한 돌을 올렸다.

"이 돌을 손에 쥐고 원하는 모습을 머릿속에 그리기만 하면 된다네. 자네가 생각할 수 있는 가장 행복한 순간을 이 안에 담는 거지. 그리고 돌을 만질 때마다 같은 생각을 반복하다 보면, 어느 순간 그건 자네의 현실이 될 걸세."

"그게 정말인가요? 어떻게 그런 게 가능한 거죠?"

폴이 앞으로 바짝 다가와 흥미를 보이자, 노인은 기분 좋은 표정을 숨기지 못했다.

"물론 나도 들은 얘기라 정확한 건 아니지만… 뭐 좀 빼먹어도 상관없겠지."

누군가 관심을 주는 게 오랜만이었는지, 그는 신이 나서 어깨까지 들썩여 가며 설명에 열을 올렸다.

"먼 옛날, 신은 인간을 만들고 어떻게 하면 그들이 원하는 것을 줄 수 있을지 고민했다더군. 인간은 원하는 것이 모두 달랐기 때문에, 매번 그걸 일일이 나눠 주기엔 번거롭고 힘들었던 거야. 결국 신은 천사들과 궁리 끝에 인간이 자주 생각하는 것을 스스로 얻을 수 있도록 만들었지."

노인은 허옇게 침이 묻은 입가를 얼룩진 소매로 닦았다. 그러나 오히려 얼굴이 더 더러워지기만 했다.

"하지만 오랜 시간이 지난 후 인간 세상을 들여다본 신은 깜짝 놀라고 말았네. 인간이 그들의 생각을 온통 싫어하는 것과 일어나지 않았으면 하는 것들로 가득 채워서, 스스로 고통받고 있는 것을 본 것이지."

"그야 우리 주변에는 늘 안 좋은 일들만 일어나니까요."

폴이 혼잣말이라기엔 크고, 아니라기엔 작게 말했다. 노인도 별로 크지 않은 목소리로 대꾸했다.

"그렇기 때문에 더더욱 이 돌이 필요한 걸세. 우리는 때로 좋지 않은 일에 너무 많은 관심을 쏟고 불평을 하느라, 정작 원하는 미래나 이루고 싶은 것들에 대해서는 잊어버릴 때가 많으니까. 이 돌은 신의 선물인 생각을 올바르게 쓰도록 해 주는 돌이라고나 할까."

폴은 노인의 이야기를 쉽게 믿을 수 없었지만, 왠지 그가 거짓말을 하는 것 같지는 않았다.

"그럼, 이 돌은 얼마죠?"

"자네가 원한다면 내 기꺼이 공짜로 주지. 대신 조건이 하나 있네."

"조건이라고요?"

폴이 놀란 얼굴로 허리에 묶어 두었던 작은 가죽 주머니를 꽉 움켜쥐었다. 그 속엔 은화 하나가 들어 있었다. 겨우 빵 한 조각, 꽃 한 송이 살 수 있는 돈이었지만, 폴에겐 가진 돈의 전부였다.

"돈을 달라는 건 아니니까 너무 겁먹지 말게. 뭐 나보다 그다지 돈이 많아 보이는 것도 아니고…."

노인은 거친 손으로 허리를 두들겼다.

"난 나이가 많아서 언제 세상을 떠나게 될지 알 수 없네. 아마도 머지않아 그렇게 되겠지. 혹시 내가 없어지더라도 자네가 이 일을 대신 좀 해 줄 수 있겠나?"

"돌을 파는 일 말인가요?"

노인은 즉시 고개를 가로저었다.

"진실을 전하는 일 말일세."

폴은 쭈그려 앉은 채로 조금 전 들었던 말들을 머릿속으로 되새겨 보았다. 하지만 이내 자리를 털고 일어났다.

"역시 안 될 것 같아요. 이런 건 마을 사람들에게 말해도 믿지 않을 거예요. 저도 돌멩이 따위로 행복해질 거란 생각은 들지 않고요. 아무래도 다른 사람을 알아보셔야 할 것 같네요."

이곳에 더 있다가는 노인이 또 무슨 이상한 이야기로 자신을 귀찮게 할지 모른다고 생각했다. 폴은 노인이 쓸데없는 말을 꺼내기 전에 평소보다 걸음을 빨리해 그곳에서 벗어나기로 했다.

"나는 자네 눈을 고칠 방법을 알고 있다네."

도망치듯 걷던 폴은 몇 걸음 채 가지도 못하고 자리에 멈추어 섰다. 그리고 분명 똑똑히 들었으면서도 다시 한번 되물을 수밖에 없었다.

"제 눈을 고칠 수 있다고요?"

노인은 대답 대신 주변을 살피더니 누군가를 크게 불렀다.

"프랫!"

그 소리를 듣고 어디선가 돌을 줍고 있던 작은 꼬마 하나가 노인에게 뛰어왔다. 파란 눈동자에 유난히 곱슬곱슬한 머리카락을 가진, 노인만큼이나 지저분한 얼굴이었다. 아직 떼지 못한 큼지막한 눈곱도 그대로 붙어 있었다.

"무슨 일이세요?"

"네가 간다던 행복의 섬에 가면 이 소년의 눈도 고칠 수 있겠지?"

"그야 당연하죠. 근데 애는 누군가요?"

변성기도 채 지나지 않은 어린아이의 목소리였다. 폴이 뒤로 한 발짝 물러서며 당황한 모습을 보이자, 노인이 꼬마의 등을 떠밀었다.

"어서 네 소개를 하거라."

"안녕, 난 브룬델이야. 하늘에서 왔어."

"하늘이라고?"

"그래."

폴은 잠시 말문이 막혔지만, 애써 불편한 기색을 숨기고 물었다.

"네가 정말 내 눈을 고쳐줄 수 있어?"

"아니, 난 못 해. 하지만 네 눈을 고칠 수 있는 곳에 데려가 줄 수는 있어."

"아까 말한 행복의 섬인가 하는 그곳 말이야?"

"그래, 맞아."

꼬마가 한쪽 콧구멍을 후비며 대답했다.

"언제 가는데?"

"그건 아직 몰라. 하늘에는 '약속의 시간'이라고 하는 게 있거든. 날개를 잃어버린 뒤로 그걸 알 수 있는 능력은 사라져 버렸지만, 그때가 되면 너를 꼭 데리고 가줄게."

그러고는 간다는 말도 없이 원래 있던 곳으로 돌아가 다시 돌을 줍기 시작했다. 예의라고는 눈곱만큼도 없는 행동이었다. 꼬마가 사라지자, 폴만 혼자 대화를 나누던 자세 그대로 서 있는 어색한 상황이 되어 버렸다.

"허허허…."

노인이 상황을 수습한답시고 더 어색한 웃음소리를 내며 둘러댔다.

"프랫이 엉뚱하다는 건 나도 인정하지. 하지만 절대 나쁜 아이는 아닐세. 단지 좀 외로운 녀석일 뿐이라네. 아무도 저 아이의 말을 들어주지 않고, 따듯하게 대해 주지도 않거든."

노인은 폴의 눈치를 살피더니 슬쩍 말을 더했다.

"그래서 말인데… 혹시 당분간만이라도 이곳에 와서 프랫과 함께 시간을 좀 보내 줄 수 없겠나? 나와도 말동무가 되어주면 더욱 좋고…."

폴은 잠시 아무 말이 없었다. 이번에도 거절하려고 했지만, 왠지 입이 쉽게 떨어지지 않았다. 눈을 다치고 난 뒤로 자신이야말로 누구보다 큰 외로움을 느끼고 있었기 때문이다. 폴은 괜히 지팡이로 땅을 긁적이다가, 못 이기는 척 그러겠노라 약속했다.

그것이 그들의 첫 만남이었다. 폴은 당장 다음 날부터 시간이 나면 노인을 찾아가기 시작했다. 처음엔 노인의 몸에 밴 냄새 때문에 다가가기가 힘들었으나, 그것도 곧 적응이 되었다. 노인은 언제나 폴을 반갑게 맞아 주었고, 그때마다 귀동냥으로 주워들은 온갖 이야기를 들려주곤 했다.

폴은 노인의 이름이 '할'이라는 것과 나이가 아주 많다는 것, 그리고 마을 사람들이 말했던 것만큼 이상한 사람은 아니라는 것을 알게 되었다.

할 노인은 사람들이 잘 지나다니지 않는 골목 한쪽 구석에 자리를 펴고 앉아 있었다. 그는 오지도 않는 손님을 기다리고 있다가, 멀리서 걸어오는 폴을 발견하고는 손을 들어 인사를 건넸다.

"오늘은 일찍 왔구나."

"네…."

"그런데 이 시간에 무슨 일이냐, 일을 그만두기라도 한 게냐?"

"그만둔 게 아니라 쫓겨났어요."

폴은 익숙하게 노인 옆으로 다가와 앉더니, 무릎을 세우고 그사이에 머리를 파묻었다.

"신은 왜 저 같은 걸 만들었을까요? 할 줄 아는 것도 없고, 아무 쓸모도 없는데 말이죠. 저는 이제 거지가 되는 것 말고는 할 수 있는 게 없는 걸까요?"

폴이 풀 죽은 모습을 보이자, 그러지 않아도 일그러져 있는 노인의 얼굴이 한층 더 안타깝게 변했다. 노인은 뭔가 위로할 말을 찾으려는 듯 구름 한 점 없는 하늘을 올려다보았다.

"글쎄다…. 하지만 정말 신이 있다면, 이 땅에 거지가 부족해서 너를 만들었을 것 같지는 않구나."

폴은 고개를 더욱 푹 숙이며, 이제는 거의 울먹이는 목소리로 말했다.

"신은 참 불공평해요. 왜 다른 사람에게는 갖고도 남을 만큼 주었으면서, 저한테서는 그나마 있는 것조차 뺏어가는 걸까요? 이럴 바엔 차라리 태어나지 않았으면 좋을 뻔했어요. 저는 태어나게 해 달라고 한 적도 없는데, 왜 세상에 나와서 이렇게 힘들게 살아가야 하는지 잘 모르겠어요."

노인은 한동안 안쓰럽게 폴을 바라보았다. 그러다 딱히 볼 것도 없는 하늘로 다시 시선을 옮겼다.

"삶이란 말이다, 누군가가 너에게 준 선물 같은 거란다. 그건 워낙 여러 겹으로 쌓여 있어서, 선물을 완전히 풀어보기 전까지는 그게 어떤 것인지 아무도 알 수 없지. 지금은 구겨진 겉모습만 보이더라도, 언젠간 네가 받은 선물의 진짜 모습과 의미를 알 수 있는 날이 찾아온단다."

폴은 고개를 들고 보이지 않는 눈으로 노인을 바라보았다.

"그럼 영감님은 살면서 한 번도 불평해 본 적이 없으신가요?"

노인이 몇 개 남지 않은 누런 이를 드러내며 소리 내어 웃었다.

"내가 불평하기로 마음먹는다면 평생을 해도 모자라지 않겠니?"

노인은 자기가 한 말에 자기가 웃음을 터뜨렸다. 폴도 작게 따라 웃었지만, 얼마 못 가 입꼬리를 내렸다. 마을 사람들이 말해준 그의 모습이 새삼 떠오른 것이다.

머쓱해진 폴은 애꿎은 프랫을 찾으며 말을 돌렸다.

"그런데 프랫은 어디 갔나요?"

노인은 여전히 미소가 남아 있는 얼굴로 답했다.

"프랫은 오늘도 행복의 돌을 팔러 갔단다. 어차피 하나도 팔지 못하겠지만, 그게 그 녀석의 유일한 일이니까."

3

마을 중심가의 어느 골목. 이곳에서는 팔 한쪽이 없는 사내와 돌멩이를 든 어린아이의 실랑이가 사람들의 이목을 끌고 있었다.

"저리 꺼지라니까! 넌 내가 우습게 보이는 거냐?"

남자는 찰거머리처럼 달라붙는 꼬마에게 녹슨 검을 들이밀었다. 여차하면 정말 찌르기라도 할 것처럼 아찔한 모습이었다. 그러나 꼬마는 겁내는 기색도 없이 남자를 똑바로 쳐다보았다.

"한 번만 이 돌을 써 봐요. 어차피 손해 볼 것도 없잖아요."

"사람 잘못 봤어, 꼬마야. 장난을 치고 싶으면 좀 더 멍청한 녀석을 골랐어야지. 내가 그딴 바보 같은 말에 속아 넘어갈 것 같아? 한 번만 더 귀찮게 하면 다시는 그 입을 열지 못하게 해 주겠어."

남자는 칼날을 보이며 또 한 차례 겁을 주었다. 꼬마는 그제 야 뾰로통한 얼굴을 하고 몇 걸음 뒤로 물러나더니, 일부러 남 자에게 들리도록 혼잣말을 했다.

"칫, 그 칼로는 치즈도 자를 수 없을 것 같은데…."

남자의 짙은 눈썹이 꿈틀거렸다.

"뭐라고? 너 이 쥐방울만 한 녀석이!"

"메에~."

꼬마는 남자를 향해 한껏 혀를 내밀고는 골목으로 쏜살같이 달아나 버렸다. 그 바람에 누군가 떨어뜨린 빵조각 위에 머리 를 맞대고 있던 쥐 몇 마리도 덩달아 하수구로 도망쳤다. 골목 어귀엔 지저분한 빵가루만 남아 불어오는 바람에 흩어졌다.

"…."

남자의 이마에 굵은 핏줄이 붉어졌다. 가볍게 넘길 수도 있 는 일이었으나, 남자는 기어이 커다란 검을 들고 꼬마를 뒤쫓 기 시작했다.

"너 거기 안 서?!"

조용하던 골목에 두 사람의 발소리가 크게 울렸다.

프랫은 갑자기 헉헉거리며 나타나, 폴과 이야기를 나누고 있 던 노인의 등 뒤로 숨어 버렸다. 잠시 후 그 뒤를 따라 험상궂은 표정의 깡마른 남자가 달려왔다.

"이봐, 노인장. 당신이 저 꼬맹이 보호자야?"

"그렇소만….."

"대체 교육을 어떻게 했길래 저렇게 버르장머리가 없는 거
야?"

노인은 자신의 뒤로 부리나케 숨어버린 프랫을 쳐다보았다.
프랫은 노인의 작은 등 뒤에 숨어서도 고개를 빼꼼 내민 채, 여
전히 남자를 향해 혀를 날름거리고 있었다.

"아니, 근데 저 자식이!"

남자가 당장이라도 달려들 기세로 다가오자, 노인이 남자를
말렸다. 키 차이로 인해 말린다고 말릴 수도 없었지만, 노인은
두 손을 번쩍 들었다.

"진정하시오, 젊은이. 무슨 일인지는 몰라도 내 사과하리다."

"사과는 됐고 어떻게 보상할 거야?"

"보상이라니요?"

"저 녀석이 내 달콤한 낮잠을 날려 버렸잖아. 게다가 기껏 먹
은 점심이 저 녀석 때문에 다 꺼지게 생겼다고."

노인은 난감한 표정으로 잠시 고민하더니, 자신 앞에 놓인
돌을 주워들었다.

"좋소. 그럼 내 이걸 공짜로 드리리다. 이건 행복의 돌이라고
하는 건데, 신이 인간을 처음 만들 때…."

남자는 조금 전 꼬마에게 들었던 말과 똑같은 소리를 하려는

노인을 향해 있는 대로 인상을 찌푸렸다.

"아니 근데 진짜 이것들이 나를 뭐로 보고…."

남자가 검을 빼 들고 노인을 겨누려 하자, 그때까지 노인의 뒤에 숨어 있던 프랫의 날카로운 외침이 들려왔다.

"그만둬! 줄게."

"뭐?"

"준다고, 당신이 원하는걸."

"그게 뭔데?"

"그야 뻔하잖아, 돈이나 값나가는 무언가겠지."

남자는 칼을 거두며 미심쩍은 표정으로 꼬마를 떠보았다.

"네가 그런 걸 가지고 있다고?"

못 미더워 하는 남자를 향해 프랫은 품속에서 꼬깃꼬깃한 종이를 꺼내 들었다. 거기에는 이상한 기호들이 뒤섞인 그림이 그려져 있었다. 무언가를 자세히 그려 넣은 듯했지만, 손놀림이 엉망이었던 탓에 전체적으로 지저분해 보였다. 남자는 그것을 잠시 살펴보더니 헛웃음을 지었다.

"이제는 돌멩이로도 모자라 낙서 따위로 날 놀리려는 거냐?"

"이건 낙서가 아니야! 이건 지도야."

"지도?"

"그래."

"흥, 그게 보물 지도라도 된다는 거냐?"

남자가 비웃는 투로 물었지만, 프랫은 사뭇 진지한 얼굴로 대꾸했다.

"보물 지도보다 훨씬 더 소중한 거야. 이곳에 가면 무엇이든 소원을 이룰 수 있어."

예상치 못한 프랫의 말에 남자의 한쪽 눈썹이 치켜 올라갔다.

"뭐? 대체 거기에 뭐가 있는데?"

남자가 프랫이 들고 있는 종이를 낚아채려 하자, 프랫은 잽싸게 다시 종이를 품속에 집어넣었다.

"신."

잠시 정적이 흘렀다.

"으하하하하."

남자가 목청껏 웃음을 터뜨렸다. 근처에 있던 인가의 창문이 열리며 누군가 한 소리 할 표정으로 내다봤지만, 남자의 험상궂은 얼굴과 커다란 칼을 보고는 다시 조용히 창문을 닫아 버렸다.

"얼마 만인지 모르겠군, 이렇게 크게 웃은 적이 말이야."

남자는 웃음이 사그라들길 기다린 후에 다시 입을 열었다.

"꼬마야, 점심값은 받은 셈 치마. 운 좋은 줄 알 거라. 오늘은 특별히 봐줄 테니, 앞으로 그런 헛소릴랑 집어치우고 좀 더 제대로 된 일을 찾아봐. 괜히 낮잠 자는 사람 방해하지 말고. 영감도 애 관리 잘하라고."

말을 마친 남자는 늘어뜨렸던 검을 어깨에 도로 얹었다. 다행히 화는 좀 누그러진 것 같았으나, 여전히 차가운 반응이었다. 남자가 입이 찢어져라 하품을 하며 그렇게 자리를 떠나려할 때였다.

"하여간 인간들이란 보여주지 않으면 믿지 못한다니까."

"뭐?"

남자는 꼬마가 또 무슨 헛소리를 하나 싶어 별 기대 없이 뒤를 돌아보았다. 그리고 곧 자신의 눈을 의심해야 했다. 꼬마가 입고 있던 웃옷을 목 끝까지 들어 올린 채 등을 보이고 있었기 때문이다. 아니, 더 정확히는 그곳에 불에 탄 듯한 날개 자국이 선명하게 남아 있었기 때문이다.

"너… 대체 정체가 뭐야?"

프랫이 옷을 다시 고쳐 입으며 말했다.

"천사."

4

　모두가 잠든 어두운 새벽. 밤하늘을 가득 채운 별들 사이를 가로지르는 작은 불빛이 있었다. 불빛은 점점 커지더니 이내 지상을 향해 빠른 속도로 다가오기 시작했다. 그것은 하고많은 곳 중 하필 골목에서 곤한 잠에 빠져 있던 거지 노인의 옆으로 떨어져 버렸다. 불빛은 바닥에 부딪히기 직전 움직임을 멈춘 탓에 큰 소리가 나지도, 지면이 패이지도 않았다. 다만 불빛이 사라진 자리에 어린아이 하나가 정신을 잃고 있었다.

　"이런 가엾은⋯."

　아이를 발견한 노인은 정성껏 그를 돌보았다. 노인은 구걸한 돈으로 아이의 옷을 구해 입혔고, 자신이 먹을 빵을 잘게 부숴

서 물과 함께 아이에게 먹여 주었다. 그렇게 며칠이 지나자 드디어 아이의 눈꺼풀이 움직였다.

"여긴 어디죠?"

노인은 가볍게 졸고 있다가 갑자기 들려온 앳된 목소리에 소스라치게 놀랐다. 그러다 아이가 깨어난 것을 확인하고는 이내 안심한 얼굴이 되었다. 노인은 거의 뒤로 넘어갈 뻔한 몸을 천천히 일으켰다.

"몸은 괜찮은가? 여긴 '방황의 성'이라는 곳일세."

아이는 반쯤 감긴 눈을 비비더니 낮잠이라도 잔 것처럼 길게 기지개를 켰다. 노인은 그런 아이를 유심히 보고 있다가 참아왔던 말을 조심스레 건넸다.

"한데, 자네는 대체 정체가 뭔가? 내 눈이 잘못된 게 아니라면 분명 자네를 발견했을 때, 희미하지만 빛에 쌓여 있던 것 같은데…."

"아, 저는 천사예요. 하늘에서 왔어요."

아이가 별거 아니라는 듯 내뱉은 말에 노인은 적잖이 당황했는지 말까지 더듬었다.

"천… 천사라고?"

평소엔 잘 보이지도 않던 노인의 작은 눈이 휘둥그레졌다. 그는 허공을 바라보며 작게 중얼거렸다.

"오래 살다 보니 별일을 다 겪는군. 설마 천사를 만나게 될 줄이야…."

"그런데 영감님, 이건 영감님이 입혀 주신 건가요?"

아이는 노인의 반응은 신경도 쓰지 않고, 자신에게 입혀진 옷을 이리저리 살폈다. 생각보다 금방 정신을 차린 노인이 민망한 얼굴로 대꾸했다.

"마음에 안 들더라도 이해해 주게. 원체 가진 게 없어서 말이지."

"아니에요. 마음에 들어요."

아이는 헤지고 낡은 민무늬 옷을 펼쳐 보다가, 갑자기 뭔가가 생각났는지 자신의 몸을 더듬었다.

"왜, 뭐가 없어지기라도 한 겐가?"

노인의 질문에 아이가 기운 빠진 목소리로 말했다.

"날개요."

"날개?"

"네…. 역시 신께서 말씀해 주신 게 맞았어요. 섣불리 인간 세상에 개입하려고 하면 날개가 없어질 거라고 하셨거든요. 전 단지 행복의 여신님을 뵈려고 온 건데…."

노인의 눈이 이제는 아예 밖으로 튀어나올 지경이었다.

"행복의 여신이라면, 오래전 인간과 함께 있다가 사라졌다고 하는 그 신 말인가?"

아이는 고개를 끄덕였다.

"여신님은 지금 행복의 섬에 있는 사랑의 샘에 잠들어 계세요."

"행복의 섬이라… 그런데 날개가 없어졌다면서 거긴 어떻게 갈 셈인가?"

"갈 수는 있어요. 저에게 지도가 있거든요. 그보다 문제는….'

아이는 잠깐 숨을 고르더니 다시 말을 이었다.

"꿈의 구슬과 용기의 보석을 찾아야 해요."

노인이 눈동자를 반짝이며 추한 얼굴을 좀 더 가까이 들이밀었다.

"지금 보석이라고 했나?"

"네, 불행의 여신 게헨나가 행복의 여신 루셈다 님을 피해 도망치면서 숨겨 놓은 것들이에요. 불행의 여신이 꿈은 깊은 동굴 속에, 용기는 커다란 바위 밑에 숨겨 놓았거든요. 그러다 오랜 세월이 지나면서 꿈은 구슬이 되고, 용기는 보석이 되어 버린 거죠. 그것들을 가지고 가야만 잠들어 계신 행복의 여신님을 깨울 수 있어요."

아이는 노인을 물끄러미 바라보았다.

"저를 좀 도와주실래요?"

하지만 노인은 쓴웃음을 지었다. 그는 옷이 푹 꺼진 자신의 다리 쪽을 가리켰다.

"나도 그러고 싶네만, 그건 좀 어려울 것 같군. 그것 말고 내가 도울 수 있는 다른 건 없겠나?"

아이는 아쉬운 표정을 짓고는 하늘을 올려다보았다.

"아직까진 없어요. 약속의 시간을 기다려야겠어요."

"무슨… 시간? 약속?"

"맞아요. 인간 세상에서 누군가 무엇이든 하려고 마음먹을 때, 하늘의 천사들이 바삐 움직이면서 그것이 이루어질 수 있는 날을 준비하거든요. 날개가 있을 때는 그게 언제인지 알 수 있었는데, 지금은 알 수가 없네요. 기다리는 수밖에요."

말을 마친 아이는 티 없이 해맑게 웃었다. 노인은 허리가 아팠는지, 다 허물어져 가는 담벼락에 등을 기대었다.

"그럼, 그때까지 어떻게 지낼 생각인가?"

"글쎄요…."

아이는 까치집이 진 머리를 긁적이다가 갑자기 손뼉을 쳤다.

"아! 영감님이 하시는 일을 도와드릴게요."

"내 일을?"

"네, 영감님이 저를 구해 주셨으니까요."

하지만 노인은 난감한 모습을 보이며 주저했다.

"그렇게 말해 준다면야 고맙긴 한데… 사실 내가 하는 일이라는 게 별 볼 일 없어서 말이지. 하루하루 사람들에게 구걸로 겨우 먹고 살 뿐이라서…."

노인의 앞에는 개 밥그릇으로 쓰기에도 민망한 이 빠진 빈 그릇이 놓여 있었다.

"그래도 전 어떻게든 보답을 하고 싶어요. 영감님이, 그리고 다른 인간들이 가장 좋아하는 건 뭐죠?"

노인은 오래 생각할 필요도 없다는 듯 바로 답을 내놓았다.

"대부분은 돈이나 값나가는 무언가를 좋아하지."

"돈이라고요? 그게 뭐죠?"

아이가 생전 처음 들어보는 단어라는 듯 캐물었다.

"그건 그러니까…. 그래, 인간이 물건을 사고팔 때 필요한 일종의 증표라고 할 수 있지. 그걸 가지고 있으면 언제든 원하는 것을 가질 수 있으니까. 인간이라면 누구나 그걸 조금이라도 더 갖기 위해 밤낮없이 노력한다네."

"그럼, 그걸로 행복도 살 수 있나요?"

"행복?"

노인이 되묻자 아이가 설명을 덧붙였다.

"하늘에서는 가장 귀한 게 바로 행복이거든요. 영감님이 말한 돈이라는 게 있으면 행복도 얼마든지 살 수 있지 않나 싶어서요."

"글쎄…."

노인은 손으로 턱을 괴더니 눈동자를 이리저리 굴렸다.

"꼭 그런 건 아닌 것 같군. 이곳은 근방에서 가장 많은 사람이 사는 곳이야. 그만큼 거래도 활발하고, 사람들도 많은 돈을 가지고 있지. 하지만 행복한 표정을 짓고 있는 이들은 별로 보지 못했네."

"뭐라고요?"

아이가 의아해하며 물었다.

"행복을 살 수 없다면, 인간은 대체 왜 그렇게 많은 돈을 가지려고 하는 거죠?"

"흠⋯."

노인은 입 대신 코로 길게 숨을 내쉬었다. 거듭되는 아이의
질문에 말문이 막힌 모양이었다. 그는 때가 낀 손톱으로 한동
안 콧잔등만 긁적거렸다.

"자네 말처럼 행복을 살 수는 없으니, 돈으로 살 수 있는 것
들로 그것을 대신하려는 것이겠지. 인간에게는 먹고사는 문제
역시 중요하니까."

"영감님도 돈이 필요하신가요?"

"그야 물론이지."

노인이 조금 전과는 달리 재빨리 대답했다.

"좋아요, 그럼 제가 인간에게 행복을 팔고 영감님에게 돈을
드릴게요."

아이는 다시 한번 해맑게 웃어 보였다.

5

"그래서, 나더러 지금 그 지도가 가리키는 곳으로 가서 신을 만나고 오라는 거냐?"

프랫의 설명을 듣고 있던 남자가 심드렁하니 물었다.

"아니, 우리를 데려가 줘."

"뭐? 우리?"

"응, 나랑 폴도 함께 갈 거야."

남자는 주변을 훑어보았다. 꼬마가 폴이라고 부를 만한 사람 이라곤 옆에서 초점 없는 눈으로 멍하니 앞을 보고 있는 소년 뿐이었다.

"설마 저 애송이 녀석을 말하는 거냐? 눈도 멀쩡하지 않은 것 같은데?"

"그래도 같이 가야 해. 그러기로 약속했으니까."

남자는 자신을 뚫어져라 쳐다보고 있는 프랫을 내려다보았다.

"정말 그 신이 무슨 소원이든 들어주는 거야?"

프랫이 고개를 끄덕이자 남자는 턱을 내밀고 골똘히 생각에 잠겼다. 프랫은 남자의 표정을 하나라도 놓칠세라, 눈 한 번 깜박이지 않고 초조하게 그를 기다렸다. 마침내 굳게 다문 그의 입이 열렸다.

"좋아, 그러면 달이 가장 높게 뜨는 날 성문 밖으로 와. 달이 기울기 전까지 기다릴 테니까. 하지만 조금이라도 늦으면 지금 이야기는 없던 걸로 하겠어."

남자는 그렇게 자신의 할 말만 남기고는, 발길을 돌려 자신이 원래 있던 골목으로 떠나 버렸다.

———— ◆ ————

"떠나겠다고?"

"네…."

폴은 기죽은 목소리로 겨우 대답했다.

"기어이 쓸데없는 짓을…."

쇠로 된 술잔이 탁자와 쾅 부딪치는 바람에 빈 술병 몇 개가 쓰러져 탁자 위를 굴렀다.

"어째서 지금 하는 일을 그만두고 그런 무모한 짓거리를 하려는 게냐!"

폴은 차마 모포 가게에서 쫓겨난 이야기를 할 수 없었다. 그리고 떠나려는 이유가 단지 그곳에서 쫓겨났기 때문만도 아니었다.

"저도 한 번쯤은 제가 원하는 일을 해보고 싶어요. 만약 그 끝이 좋지 않다고 하더라도요."

"만약은 무슨, 확실히 그렇게 될 게다. 넌 왜 남들이 사는 대로 살려고 하지 않는 거냐? 어렵게 일할 수 있게 된 게 아깝지도 않단 말이냐!"

아버지의 고함에 폴은 잔뜩 주눅이 들었지만, 하고 싶은 말을 숨기지는 않았다.

"제가 남들과 다르다는 건 아버지도 알고 계시잖아요. 아무리 노력해 봐야 남들처럼 될 수 없단 말이에요."

"뭐?"

폴이 말대꾸를 계속하자 아버지가 그를 노려보았다.

"남들처럼 될 수 없다면, 남들보다 더 노력해야 할 거 아니냐! 남들이 잠자고 놀 때 쉬지 않고 열심히 해도 모자랄 판에, 그런 허무맹랑한 말만 믿고 어딘지도 모르는 곳에 가겠다고? 대체 정신이 있는 게냐, 없는 게냐!"

폴은 아버지의 말에 아무 대답도 할 수 없었다. 대신 왠지 모를 닭똥 같은 눈물이 흘러내렸다. 아버지는 그런 모습을 보며 혀를 찼다.

"사내새끼가 울기는… 잘 들어라, 폴. 세상은 앞서 나가지 못하면 아무런 의미도 없는 곳이야. 적어도 중간은 가야 그나마 사람대접이라도 받으며 살아갈 수 있지. 네가 지금 하려는 것처럼 엉뚱한 일에 시간만 낭비하다가는 절대로 남들을 따라잡을 수 없어."

아버지는 술을 들이켜며 피식 웃음을 터뜨렸다.

"그런데, 뭐? 행복인지 뭔지를 찾아간다고? 그건 남들보다 빨리 뛰고 많이 갖다 보면 저절로 찾아오는 거야. 노망난 노인네나 정신 나간 꼬맹이 따위가 줄 수 있는 게 아니란 말이지."

물론 폴도 그런 생각을 안 해 본 건 아니었다. 사실 누구보다 방황의 성을 벗어나기 무서운 건 바로 자신이었다. 폴은 아랫입술을 꽉 문 채로 여전히 고개를 숙이고만 있었다.

"세상이 정해 놓은 대로, 그리고 남들이 사는 대로 살지 않으면 넌 낙오자가 될 뿐이야. 그럼 결과야 뻔하지. 사람들은 너를 벌레 보듯 무시할 거고, 너는 평생 손가락질이나 받으며 살아가게 될 게다."

그는 말을 너무 많이 해서 목이 탔는지 남아 있는 술을 모조리 입에 털어 넣었다.

폴은 아버지가 언제부터 술을 마시기 시작했는지 정확히 기억나지 않았다. 다만 약간의 뭉칫돈을 가지고 와 엄마와 자신에게 자랑하던 날이 어렴풋이 떠오를 뿐이었다.

아버지가 변한 건 확실히 그때부터였다. 점점 술을 마시고 집에 오는 일이 많아졌고, 그럴 때면 어김없이 얼굴에 전에 없던 상처가 생겨 있곤 했다. 어떤 날은 늦은 밤에 나가서 새벽이 다 되도록 집에 들어오지 않았다. 하물며 엄마가 돌아가시던 날에도 아버지는 엄마의 곁을 지키지 못했다.

그날은 엄마의 목소리가 유독 힘이 없던 날이었다.

"폴, 많이 배고프지? 조금만 기다리렴."

엄마는 음식을 준비한다며 주방으로 갔지만, 한참이 지나도록 부르는 소리가 들려오지 않았다. 평소 같았으면 이미 저녁을 먹고 치웠을 시간이었다.

"엄마, 아직 멀었어요? 제가 도와드릴까요?"

식기도 몇 개 없는 단출한 주방에 막 들어섰을 때였다. 폴의 발에 그리 딱딱하지도, 마냥 물렁하지도 않은 것이 밟혔다. 폴은 손이 닿기도 전에 그게 무엇인지 알 수 있었다. 하지만 너무 놀란 나머지 열린 입에선 말도 제대로 나오지 않았다. 손이 파르르 떨리기만 했다.

바닥에 있는 건 세상에서 가장 사랑하는 사람이었다.

"엄마, 엄마!"

그녀는 아무리 흔들어도 일어나지 않았고, 야윈 몸은 돌처럼 무거웠다. 걷잡을 수 없는 눈물이 폴의 뺨을 타고 흘러내렸다.

———◆———

폴은 두 뺨의 눈물을 훔치고 애써 울음을 참으며 말했다.

"낙오자가 되어도 좋아요. 하지만 한 번만이라도 좋으니 제 두 발로, 제가 원하는 곳에 가 보고 싶어요!"

그러고는 아버지가 채 뭐라 할 새도 없이 지팡이와 모포들을 챙겨 집 밖으로 뛰쳐나갔다.

폴이 거칠게 문을 열고 거리로 나왔을 때, 하늘에는 달이 유난히도 높게 걸려 있었다.

———◆———

달빛이 내려앉은 방황의 성 성문 근처에는 이제 막 길을 떠날 채비를 마친 하나의 무리가 있었다. 무리 안의 키 작은 아이가 날카로운 눈매의 남자를 향해 물었다.

"정말 이것들만 있으면 돼?"

"그래, 더 가지고 있어 봐야 짐만 될 뿐이지. 먼 길을 가고자 할 때는 꼭 필요한 것 이외에 다 버려야 하는 법이니까."

남자는 프랫이 챙겨 온 물건을 살펴보다가 갑자기 기분이 상했는지 프랫의 머리를 쥐어박았다.

"아니, 근데 쪼그마한 게 왜 자꾸 반말이야? 말 똑바로 안해?"

프랫은 양손으로 머리를 문질렀다.

"뭐? 나는 천사라고. 비록 어린애처럼 보일지 몰라도 너보다 훨씬 오래 살았단 말이야!"

하지만 이번에도 남자는 프랫의 머리를 '쿵'하고 쥐어박았다.

"네가 천사든 뭐든 내가 알 바 아니야. 난 너 같은 꼬맹이에게 그런 말투를 듣는 게 기분 나쁠 뿐이야. 그게 정 싫다면 난 너희와 같이 가지 않겠어. 나 역시 네가 보는 것보다 훨씬 나이가 많으니까."

남자가 떠나는 시늉을 하자 프랫이 다급하게 소리쳤다.

"알겠어, 가지 마. 아니, 가지 마세요!"

남자는 그제야 만족한 표정을 지어 보였다.

"훨씬 낫군."

그러다 폴의 등에 업혀 있는 노인을 흘끗 보더니 프랫만 따로 불러냈다. 다들 짐 챙기기에 바빠 그들의 은밀한 행동을 눈치채지 못한 듯했다. 폴은 가져온 모포를 둘둘 말아 허리에 묶느라 진땀을 흘리고 있었고, 노인은 옷 속의 벼룩을 잡느라 정신이 없어 보였다.

남자가 노인을 곁눈질하며 프랫에게 들릴 듯 말 듯 한 목소리로 물었다.

"그런데 저 노인네는 왜 데려가는 거야? 이래저래 짐만 될 게 뻔하잖아?"

"당연히 같이 가야죠. 제 은인이니까요."

남자가 달갑지 않은 얼굴로 한숨을 지었다.

"다리 없는 늙은이와 앞 못 보는 애송이라…. 거기에 날개 없는 천사까지…. 정말 멋진 조합이군."

"팔 없는 떠돌이가 빠졌네요."

쿵.

프랫은 굳이 안 해도 되는 말을 덧붙이는 바람에 다시 한번 눈앞에서 별을 봐야만 했다. 프랫이 울상을 지으며 머리를 문지르는 동안, 남자는 반쯤 열린 성문으로 향했다.

"당신은 길도 모르잖아요!"

하지만 남자는 딱히 대꾸도 하지 않고 앞만 바라보며 걸어갔다. 겨우 모포를 동여맨 폴이 그 뒤를 따랐고, 노인도 한결 시원한 얼굴로 폴의 목을 끌어안았다. 프랫은 밤톨만 한 혹을 머리에 달고 외쳤다.

"같이 가요!"

일행은 횃불이 양옆에서 크게 일렁이는 거대한 나무문으로 다가갔다. 나무문에는 굵은 쇠사슬이 달려 있었고, 쇠사슬은 솥뚜껑만 한 도르래에 연결되어 있었다. 아마도 성문을 열고 닫을 때 쓰이는 장치인 것 같았다.

원래 지키는 사람이 없는 건지, 아니면 잠시 순찰을 나간 건지 경비병은 보이지 않았다. 남자는 장치를 대충 훑어보더니, 팔을 뻗어 도르래에 달린 손잡이를 힘껏 당겼다.

촤르르륵.

쇠끼리 서로 부딪치는 소리가 나며 육중한 나무문이 서서히 올라가기 시작했다. 남자는 별일 아니라는 듯 망토에 손을 문질러 털었으나, 프랫과 노인은 작게 박수갈채를 보냈다. 폴도 주먹을 꽉 쥐었다.

드디어 방황의 성을 떠난다는 사실에 폴은 가벼운 흥분을 느꼈다. 노인도 말은 아꼈으나, 뒷골목에만 있다가 넓은 세상으로 나가게 된 걸 내심 기뻐하는 눈치였다. 프랫은 빨리 가고 싶어 제자리에서 깡충깡충 뛰기까지 했다.

"어서 출발해요, 얼른요!"

"저리 가, 난 달라붙는 건 질색이야."

프랫이 바짝 다가와 망토 자락을 붙잡자, 남자는 싫은 티를 숨기지 않았다. 하지만 프랫은 안 들리는 척 꼼짝도 하지 않았다. 결국 시작부터 힘을 빼고 싶지 않았던 남자가 한숨을 크게 내쉬며 포기했다.

"이게 잘하는 짓인지 모르겠군."

그는 어쩔 수 없이 가장 앞장서서 출발했고, 나머지도 남자의 뒤를 따랐다. 일행은 앞으로 어떤 일이 그들을 기다리고 있을지 모른 채, 활짝 열린 성문을 지나쳐 갔다.

커다란 성문 밖으로 끝없이 이어진 길이 보였다.

6

방황의 성에서 시작된 길은 마차 여러 대가 동시에 오가도 서로 부딪히지 않을 만큼 넓었다. 단순히 넓기만 한 게 아니었다. 자를 대고 그은 것처럼 직선으로 쭉 뻗어 있어, 이 길만 따라간다면 굳이 프랫의 지도나 별다른 이정표가 없어도 행복의 섬까지 가는 데 큰 문제가 없을 듯했다.

하지만 예상은 보기 좋게 빗나갔다. 앞으로 걸어갈수록 길의 폭이 조금씩 줄어들더니, 급기야 두 사람의 어깨가 맞닿을 정도로 좁아진 것이다. 처음 길을 떠날 때 보았던 넓은 대로는 어느새 전혀 딴판으로 변해 있었다. 이대로라면 얼마 안 가 한 줄로도 지나가기 힘들게 분명했다.

"이 망할 길은 왜 계속 좁아지는 거야?"

참다못한 남자가 짜증 섞인 목소리를 냈다.

"어이, 꼬맹이! 이 길이 끝나면 대체 뭐가 나오지?"

프랫은 길가에 핀 꽃을 보며 걷고 있다가 황급히 시선을 거두고 품속에서 지도를 꺼냈다.

"어디 보자…."

프랫이 여러 번 접힌 지도를 펼치느라 잠시 대답을 머뭇거리는 사이, 폴이 그를 대신해 답했다.

"공허의 언덕이요."

프랫이 깜짝 놀라 폴을 돌아보았다. 기다란 풀잎을 꺾어 한쪽 끝을 질겅질겅 씹고 있던 남자도 폴에게 곱지 않은 시선을 보냈다.

"애송이, 네가 그걸 어떻게 알아?"

폴은 마치 앞이 보이기라도 하는 것처럼 길을 똑바로 바라보며 말했다.

"여긴 제가 늘 다녔던 길이니까요."

———◆———

"아빠, 이 길에 핀 꽃들 좀 보세요. 너무 예뻐요!"

시드는 중요한 대회를 앞두고 딴청을 피우고 있는 철없는 아들을 타일렀다.

"그래, 예쁘구나. 하지만 이제 그런 걸 봐서는 안 돼. 지금부터는 앞만 봐야 한다. 너는 누구보다 빨리 달리는 사람이 되어야 하니까."

그러면서 어린 아들의 신발 끈이 풀리지 않도록 한 번 더 단단히 묶어 주었다.

"아빠 말 듣고 있니?"

"네."

아들은 여전히 꽃에서 눈을 떼지 않은 채로 말했다.

"아빠, 근데 저 벌레는 나비가 부러운가 봐요."

아들이 가리킨 곳에는 꽃마다 옮겨 다니는 아름다운 나비가 있었다. 그리고 그런 나비의 모습을 바라보기라도 하듯, 땅바닥에는 몸을 곧추세우고 있는 작은 애벌레 한 마리가 있었다. 시드는 자꾸만 한눈을 파는 아들을 보며 작게 한숨을 짓더니 고개를 내저었다.

"사실은 저 애벌레도 언제든 마음만 먹으면 나비가 될 수 있단다."

"정말요? 어떻게 땅바닥을 기어다니는 벌레가 하늘을 날 수 있게 된다는 거죠?"

아들은 놀란 눈을 하고 시드가 어서 설명해 주기만을 기다렸다.

"물론 쉬운 일은 아니야. 그렇게 되기 위해선 스스로 '고치'라고 하는 자기만의 공간을 만든 뒤에, 그곳에서 오랜 시간을 보내며 아픔을 참아 내야만 하니까. 아마도 저 애벌레는 고민을 하고 있는 거겠지. 지금처럼 떨어진 잎사귀를 찾아다니는 것으로 만족할지, 아니면 저 나비처럼 자유롭게 날아다니며 살아갈지 말이다."

"저라면 나비가 돼서 훨훨 날아다닐 거예요."

아들이 작은 팔로 날갯짓까지 해가며 나비 흉내를 내자, 시드는 다시 한번 그를 다그쳤다.

"폴, 쓸데없는 얘기는 여기까지만 하자꾸나. 이제 곧 시간이 다 되어가니까."

팡!

잠시 후 출발을 알리는 폭죽 소리가 들려왔고, 성문 앞에 있던 사람들은 일제히 방황의 성을 등지고 앞을 향해 달려 나갔다.

방황의 성에는 한 가지 오랜 전통이 있었다. 그것은 바로 매년 마을의 축제가 시작되는 날, 마을에서 가장 빠른 사람을 뽑는 것이었다. 이 대회에서 우승한 사람에게는 큰 명예와 함께 평생 먹고 살 수 있을 만큼의 상금이 주어졌다.

우승자를 가리는 방법은 간단했다.

'경쟁의 길'이라고 불리는 좁고 긴 길을 달려서 '공허의 언덕'에 가장 먼저 오르는 사람에게 그 영광이 돌아가는 것이었다. 방황의 성에 사는 대부분은 이 대회를 위해 매일 달리기 연습을 했는데, 어떤 이들은 아주 어릴 적부터 이 연습에 참여하기도 했다.

폴 역시 그런 이들 가운데 한 명이었다. 대회가 시작되면 사람들은 조금이라도 빨리 달리기 위해 서로를 밀치기도 했고, 앞서가는 이들을 보이지 않게 넘어뜨리기도 했다. 부상자가 나오는 일도 잦았다.

경쟁의 길에서 한 번 바닥에 넘어진 이들은 쉽게 일어나지 못했다. 누군가를 부축해 주는 일도 드물었다. 다들 언덕에 꽂힌 깃발만을 보며 뛰느라, 주위를 둘러볼 겨를이 없었기 때문이다. 넘어진 이를 보더라도 그저 불쌍한 눈길로 내려다볼 뿐, 자리에 멈춰 도움의 손길을 건네는 모습은 좀처럼 보이지 않았다.

"폴! 더 빨리 뛰거라!"

그런 와중에 폴이 경기를 완주한 건 놀라운 일이었다. 아직 수염도 제대로 나지 않은 소년이 어른들 틈바구니에서 높은 순위를 기록하자, 다들 구름 떼처럼 모여들었다. 결승선에 있던 얼굴도 모르는 이들이 폴에게 헹가래를 해 주었고, 목말을 태워 주기도 했다. 시드는 옆에서 자기 아들이라며 고래고래 소리를 질러댔다.

폴은 처음 받아 본 환호에 얼마간은 구름 위를 걷는 것 같았다. 무엇보다 처음으로 시드의 자랑거리가 되었다. 시드는 어딜 가나 주변 사람에게 아들에 대해 말하고 다녔고, 그럴수록 폴은 더욱 빨리 달리는 사람이 되어야만 했다.

"이게 뭐지?"

폴이 얼마 남지 않은 대회를 앞두고 한창 달리기 연습을 하고 있을 때였다. 어디선가 바람을 타고 달콤한 냄새가 풍겨 왔다. 지칠 대로 지쳐있던 폴은 코끝을 간지럽히는 향기를 참지 못하고 그것을 찾아 나섰다.

냄새는 갈수록 진해졌다. 꽃향기인 것도 같고, 누군가 사탕을 만드는 중인 것도 같았다. 결국 같은 자리를 몇 번이나 맴돈 끝에, 나무 꼭대기에서 꿀이 흐르는 커다란 벌집을 찾아낼 수 있었다.

폴은 숨도 안 쉬고 나무에 올랐다. 몇 번 미끄러지긴 했으나, 그동안 길러 온 다리 힘으로 악착같이 매달려 기어이 벌집으로 다가갔다. 역시 짐작했던 게 맞았다. 향기는 벌집에서 나는 것이었고, 냄새만으로도 머리가 아찔해지는 기분이었다.

폴이 입맛을 다시며 벌집에서 꿀을 한 움큼 퍼 가려는 순간이었다. 갑자기 눈을 바늘로 찌르는 듯한 통증이 밀려왔다. 폴은 비명도 지르지 못한 채 그대로 나무 꼭대기에서 밑으로 떨어지고 말았다. 잔가지 몇 개를 부러뜨리긴 했으나 속도는 크게 줄지 않았고, 바닥이 풀밭이긴 했으나 충격은 온몸에 고스란히 전해졌다. 폴은 곧장 정신을 잃었다.

"여긴…."

정신을 차린 건 해가 산등성이 너머로 머리를 감추려 할 때였다. 아직 저녁이었고 햇빛이 남아 있었지만, 누군가 굴속에 가둬 놓은 것처럼 보이는 게 없었다. 폴은 이상함을 느끼고 가장 먼저 눈을 만져 보았다.

눈은 퉁퉁 부어 있었다. 옷을 뒤집어 눈을 몇 번 비벼 보기도 했으나, 딱히 달라지는 건 없었다. 먼지가 잔뜩 낀 유리창처럼 앞이 흐리고 뿌옇게 보일 뿐이었다. 폴은 눈을 감싸고 비명을 질렀다.

"거기 누구요?"

다행히 근처를 지나던 농부 몇 명이 소리를 듣고 폴에게로 다가왔다. 그들은 바닥을 데굴데굴 구르고 있는 폴의 몸 상태를 먼저 살폈다. 눈을 심하게 다친 것 같았으나, 그 외에는 타박상만 좀 있을 뿐 다행히 걸을 수 있어 보였다. 그들은 양쪽에서 폴을 부축해 방황의 성으로 향했다.

성문 앞에는 횃불을 든 여인이 손톱 끝을 깨물며 이제나저제나 아들이 돌아오길 기다리고 있었다. 그러다 폴이 성치 않은 모습으로 사람들의 어깨에 기대어 나타나자, 여인은 신발이 벗겨진 것도 모르고 달려가 그를 끌어안았다.

"폴!"

여인의 눈물이 폴의 흙 묻은 어깨를 적셨다. 폴도 여인을 와락 끌어안았다. 잠시 그들은 서로 부둥켜안고 따스한 체온을 나누었다.

폴은 나중에야 자신이 '욕심의 벌'에 쏘였다는 것을 알게 되었다.

"이봐, 애송이. 네가 이곳을 그렇게 잘 안다면 다른 길을 좀 알려줘 봐. 이 좁아터진 길보다 나은 길이 있을 거 아니야?"

폴은 힘없이 고개를 가로저었다.

"사실 저는 이 길 외에 다른 길은 가 본 적이 없어요. 아버지는 제가 이 길을 벗어나면 안 된다고 하셨거든요. 그랬다가는 길을 잃어버릴 뿐이라고 항상 말씀하셨어요."

"아니, 그렇지 않아."

프랫이 어느 틈엔가 불쑥 나타나 대화에 끼어들었다. 꽃밭을 들락날락하느라 머리엔 색색의 꽃가루가 잔뜩 묻어 있었고, 민들레 풀씨를 불었는지 입 주변도 지저분했다. 나비 몇 마리가 프랫의 주위를 맴돌았다.

"세상 어디에도 벗어나면 안 되는 길 같은 건 없어."

프랫이 한 손으론 나비를 쫓아내고, 나머지 손으론 폴의 손을 덥석 잡았다. 그리고 곧장 길에서 벗어나 걷기 시작했다. 폴은 두려움에 주춤거렸지만, 프랫이 안심하라는 듯 그의 손을 꽉 붙잡았다.

"네가 그동안 했던 게 달리기 경주였다면, 우리가 지금부터 하려는 건 여행이야. 여행에는 남들이 정해 놓은 길도, 이겨야 할 상대도 없거든. 단지 가고자 하는 목적지만 있을 뿐이지. 우리는 누구의 눈치도 보지 않고, 우리가 원하는 길을 따라, 우리의 걸음대로 그곳에 가게 될 거야."

프랫은 폴이 긴장을 풀 수 있도록 빠르게 걷던 걸음을 조금 천천히 했다. 그러나 폴은 여전히 걱정이 가시지 않아 보였다.

"하지만 이 길을 벗어나면 공허의 언덕에 가지 못할 텐데?"

"상관없어, 어차피 우리가 가려는 곳은 거기가 아니니까."

프랫이 시선을 앞에 고정한 채 환하게 미소 지었다. 어딜 보나 했더니, 눈을 가늘게 떠야 겨우 보이는 곳에 희미하게 드러난 산이 있었다. 하지만 진짜 모습은 달이 기울고 해가 뜨고 나서야 확실히 볼 수 있었다.

산은 구름에 닿을 듯 높이 솟아 있었다.

7

일행은 경쟁의 길에 나 있는 작은 샛길로 들어섰다. 말이 좋아 샛길이지 무릎 높이의 잡초가 무성했고, 바닥도 고르지 않았다. 폴이 지금껏 걸어 본 그 어떤 길보다 험준한 길이었다.

게다가 높낮이도 일정하지 않았다. 내리막인가 싶으면 오르막이 되었고, 올라가나 싶으면 곧장 내려가는 길이 되었다. 술을 입에도 대 본 적 없는 폴이었지만, 마치 술에 취한 것 같은 기분마저 들었다. 오면서 한 입 떼어 먹은 빵도 여차하면 목구멍으로 나올 것처럼 속이 좋지 않았다.

방향 감각은 금방 엉망이 되었다. 길은 미로에 가까울 만큼 구불구불했고, 수시로 양 갈래 길이 나와서 프랫이 지도를 몇 걸음마다 들여다봐야만 했다.

"이제 이쪽으로 돌면….

굽은 길을 한참이나 따라 걷고 나서야, 드디어 외로움의 산이 눈앞에 모습을 드러냈다.

외로움의 산은 나무와 풀을 찾아보기 힘든 거대한 바위산이었다. 회색빛 산은 사방이 높은 절벽으로 둘러싸여 있을 뿐 아니라, 산꼭대기엔 오래전 내린 눈이 아직도 녹지 않고 그대로 남아 있었다. 그야말로 전설 속 설인이 숨어 산다고 하면 딱 어울릴 만한 곳이었다.

"와….

산을 올려다보는 일행의 고개가 자연스레 뒤로 젖혀졌다. 웬만한 사람은 보는 것만으로도 다리가 풀릴 만한 높이였다. 언뜻 보기엔 도저히 오를 방법이 없어 보였지만, 그래도 이곳을 지나간 사람이 아예 없는 건 아닌 모양이었다.

산의 입구에 다다르고 보니 누가 만들었는지 모를 작은 돌계단이 군데군데 놓여 있었다. 그렇다고 쉽게 오를 수 있는 것은 아니었지만, 적어도 돌계단이 이어진 산 중턱까지는 마음만 단단히 먹으면 올라가 봄 직했다.

다만 산은 이상하리만치 고요했다. 새들이 지저귀는 소리나 시냇물 흐르는 소리 따위가 전혀 들려오지 않았다. 동물의 울음소리도 없었고, 그 흔한 풀벌레 소리조차 없었다. 산 전체가 죽어 있는 듯했다.

오직 이제 막 산을 오르는 일행의 거친 숨소리만 조용히 들려올 뿐이었다.

———— ◆ ————

"조용히 좀 하거라! 시끄럽게 뭐 하는 짓이냐?"

폴은 혼자 있을 때면 곧잘 노래를 부르곤 했다. 노래를 부르는 순간만큼은 마음이 편안해졌고, 줄곧 그를 괴롭히던 외로움도 더는 느껴지지 않았다. 마치 누군가 자신을 따스하게 감싸주는 느낌이었다.

하지만 아버지는 폴의 그런 모습을 좋아하지 않았다. 가끔씩 잠이 오지 않는 밤에 노래를 부르고 있노라면, 어김없이 성난 목소리가 들려오곤 했다. 술에 취해 혀가 잔뜩 꼬부라진 채로.

폴은 아버지가 싫어하는 노래 대신, 아버지가 좋아하는 돈을 벌기로 했다. 하지만 앞이 보이지 않는 그에게 아무도 선뜻 일자리를 주려고 하지 않았다. 그러다 마지막이라는 생각으로 찾아가게 된 곳이 바로 마을의 중심가에 있는 보석을 파는 가게였다.

"저기, 실례합니다."

가게 안에는 한쪽 눈에만 동그란 안경을 쓴 주인이 손짓을 크게 하며 손님을 상대로 무언가를 설명하고 있었다. 손님은 딱 봐도 부티가 났다. 최고급 원단으로 만든 옷도 옷이지만, 들기도 버거워 보이는 금목걸이와 금팔찌를 잔뜩 두르고 있었다.

그의 앞에는 주인이 진열대에서 꺼내 온 보석이 경쟁하듯 놓여져 있었다. 주인은 조만간 가게에 있는 모든 보석을 꺼낼 듯했고, 손님은 그 모든 보석을 살 것처럼 흡족한 미소를 지었다. 손님이 보석에 손을 댈 때마다 주인은 연신 칭찬을 늘어놓았다.

"역시 보는 눈이 있으시군요! 이것도 한 번 껴보시죠."

그러다 갑자기 눈썹 사이에 주름을 만들며 불편한 표정을 지었다. 눈을 감고 있는 소년 하나가 가게 입구에서 알짱거리는 걸 봤기 때문이다. 주인은 손님에게 잠깐 양해를 구한 뒤에 소년에게 다가가 동전 하나를 던져 주었다.

땡그랑.

동전이 바닥에 떨어지기도 전에 주인은 빠른 걸음으로 손님에게 되돌아갔다. 발자국 소리를 들은 폴이 급하게 주인을 불러 세웠다.

"잠시만요! 전 구걸을 하려고 이곳에 온 게 아니에요. 저는 일자리를 찾고 있어요. 혹시 이곳에서 일을 할 수 있을까요?"

주인은 다시 한번 폴을 훑어보았다. 머리는 부스스했고, 낡아빠진 옷에 지팡이를 든 초라한 행색이었다. 어딜 봐도 거지로 보일 뿐이었다.

"자네는 이곳이 뭐 하는 곳인지 알고 찾아온 건가?"

"네, 보석을 파는 곳이 아닌가요?"

폴이 기다렸다는 듯이 대답했다.

"그러면 보석이 무엇인지는 알고 있나?"

"네, 비싸고 반짝이는 것들이죠."

"잘 알고 있구만 그래."

"네? 그러면 이곳에서 일할 수 있는 건가요?"

폴이 한껏 기대에 차서 물었다. 하지만 주인은 또다시 인상을 찡그렸다.

"그게 지금 무슨 소린가? 자네가 말한 것처럼 이곳은 비싸고 반짝이는 보석을 파는 곳이야. 자네의 그 지저분한 손으로 만질 수 있는 것들이 아니란 말이지."

주인의 차가운 대답에 폴은 그만 고개를 떨궜다.

"볼일이 끝났으면 그만 가 주겠나? 난 지금 아주 바쁘거든."

"네…. 죄송합니다. 안녕히 계세요."

인사를 마치고 쓸쓸히 가게를 빠져나오는 폴에게 주인과 손님의 대화 소리가 작게 들려왔다.

"무슨 일인가, 주인장?"

"아, 별일 아닙니다. 웬 거지가 찾아왔길래, 돈을 조금 줘서 돌려보냈습니다."

폴은 그날따라 유난히 떠나간 엄마가 보고 싶었다. 포근했던 엄마의 품이, 따듯했던 엄마의 목소리가 그리웠다. 다리는 시키지도 않았는데, 벌써 마을 외곽을 향해 움직이고 있었다.

폴은 손을 꽉 움켜쥐었다. 손안에는 보석 가게 주인이 귀찮

다는 듯 던져 준 은화 한 닢이 들어 있었다. 정확히 꽃 한 송이
를 살 수 있는 돈이었다.

그렇게 꽃을 파는 가게에 들르기로 했고, 가는 길에 자신을
알아보는 낯선 목소리의 노인을 만나게 된다.

—◦·◦—

노인을 업고 외로움의 산을 오르는 일은 생각보다 쉽지 않았
다. 폴은 누구보다 튼튼한 다리를 가지고 있다고 생각했지만,
산비탈이 가팔라질수록 계속 발을 헛디뎌 넘어지곤 했다. 그럴
때마다 자신으로 인해 일행이 속도를 내지 못하는 것 같아 마
음이 무거워졌다.

"죄송해요. 괜히 저 때문에…."

폴은 넘어진 채로 고개를 쉽게 들지 못했다. 이미 돌계단에
무릎을 몇 번이나 찧어 바지에 피가 옅게 배어 나오고 있었다.
프랫이 그를 일으켜 세우며 부축했다.

"괜찮아, 우리는 정확히 알맞은 시간으로 가고 있는 거니까.
그러니 미안해하지 않아도 돼."

—◦·◦—

"미안하구나, 폴."

폴은 눈을 다친 뒤로 앞이 점점 희미해져 갔지만, 집 형편으로 인해 바로 의사에게 갈 수 없었다. 엄마는 모든 게 자신 때문이라며 폴을 끌어안고 슬퍼했다.

며칠 뒤 엄마의 긴 머리카락이 귀밑까지 짧아져 있었다. 따로 빗질을 하지 않아도 항상 윤기가 흐르던 머리였고, 허리를 감싸 안으면 늘 손끝에 만져지던 머리였다. 엄마의 보물이 사라져 있었다.

그날 비로소 폴은 마을에 있는 의사와 만날 수 있었다. 한 줄기 희망이 비치는 듯했으나, 폴의 눈을 살펴본 의사는 심각한 얼굴로 고개를 가로저었다. 의사는 너무 늦었다고 했고, 엄마는 다리에 힘이 풀려 자리에 주저앉고 말았다.

밤이 돼도 잠은 오지 않았다. 폴만 그런 건 아니었는지 생쥐 몇 마리가 지붕 위를 타다닥 지나갔고, 부엉이가 멀리서 울어댔다. 그리고 벽 너머로 엄마가 몰래 흐느껴 우는 소리도 들려왔다.

폴은 그럴 때마다 엄마의 울음이 들리지 않도록 작게 노래를 불렀다. 하지만 엄마도 노랫소리가 듣기 싫었던 걸까. 그녀는 오래지 않아 폴의 곁을 떠나갔다.

쏴아아아.

그리고 엄마의 장례식이 있던 날, 신이 슬퍼하기라도 하듯 하늘에서는 유난히 많은 비가 내렸다.

"쉬었다 가는 게 좋겠어요."

비라도 맞은 것처럼 온몸이 땀에 젖어 있는 폴을 보고 프랫이 먼저 말을 꺼냈다.

"폴, 좀 천천히 가려무나."

노인은 폴의 목덜미를 소매로 닦아 주었다. 제이콥도 별다른 대꾸는 없었지만, 걸음을 늦추며 쉴 만한 곳을 찾기 시작했다. 다행히 얼마 가지 않아 돌계단이 끝나고 넓은 공터가 나왔다. 쭉 이어지던 산비탈과는 어울리지 않는 곳이었다.

"여기에 이런 곳이 있다니…."

노인이 주변을 둘러보며 놀라워하자 프랫도 거들고 나섰다.

"그러게요. 다른 곳은 다 가파르기 그지없는데, 이곳만 유독 평평하니 좀 이상하긴 하네요."

공터는 누군가 바위산을 칼로 베어낸 것처럼 반듯한 모양을 하고 있었다. 돌계단과 이어진 것도 그렇고, 자연적으로 만들어졌다기엔 이상한 점이 한둘이 아니었다. 남자는 그러거나 말거나 관심 없는 얼굴로 무덤덤하게 물었다.

"자아의 동굴까지는 얼마나 남았지?"

프랫이 손때가 묻어 반질반질한 종이를 펼쳐 들었다.

"여기서 조금만 더 가면 돼요. 그런데 한 가지 문제가 있어요."

"문제? 그게 뭔데?"

남자는 벌써부터 귀찮아하는 표정이었다.

"사실 자아의 동굴은 다 같이 들어갈 수 없어요."

"뭐?"

"구슬을 지키고 있는 꿈의 요정은 시끄러운 걸 매우 싫어하거든요. 아마 여럿이 몰려가면 만나 주지 않을 거예요."

"요정이라는 건 정말 번거로운 녀석이군. 그래도 무슨 방법이 있으니 이렇게 우리를 데려온 걸 거 아니야?"

프랫이 고개를 끄덕이며 지도에서 산처럼 생긴 뾰족한 부분을 콕 집어 가리켰다. 그곳엔 작은 날개도 함께 그려져 있었는데, 얼핏 보면 파리가 붙어 있는 것처럼 보이기도 했다.

"물론이죠. 어렵긴 해도 불가능한 건 아니에요. 주의할 점을 알려드릴 테니 잘 들으세요. 우선 꿈의 요정은 말을 걸 때 절대로 소리치지 않아요. 아주 작게 속삭일 뿐이죠. 그래서 귀를 기울이지 않으면, 자칫 그대로 지나칠 수도 있어요."

뜨끔한 노인이 지레 겁을 먹고 새끼손가락으로 귀를 판 뒤 누더기에 문질러 닦았다. 그가 반대쪽 귀도 후비려 할 때, 프랫의 설명이 이어졌다.

"하지만 가장 중요한 건 바로 이거예요. 동굴 안은 무척 어두워서 눈이 어둠에 익숙한 사람이 가야만 해요."

프랫의 말이 끝나자 일행은 모두 폴을 바라보았다. 폴은 그 모습이 보이지 않았지만, 그들의 시선을 온몸으로 느낄 수 있었다.

———— ✦ ————

폴은 엄마를 떠나보내고 한동안 아무것도 느낄 수 없었다.
세상은 그저 깜깜한 어둠이었고, 무엇을 해야 할지, 무엇을 위
해 살아야 할지 그 의미를 찾지 못했다. 하루가 일 년처럼 느리
게 흘러갔다.

'대체 왜 저를 만드신 거죠? 당신의 실수인가요?'

폴은 혹시라도 자신을 보고 있을지 모를 신을 찾기 시작했
다. 하지만 아무리 불러도 신은 대답하지 않았다. 자신에게 왜
이런 아픔이 찾아오는지, 자신이 무엇을 잘못한 것인지 묻고
또 물어도 신은 그저 침묵할 뿐이었다. 마을 사람들의 말대로
신은 더 이상 인간에게 관심이 없는 듯했다. 아니, 어쩌면 어딘
가에 숨어서 누군가 고통받는 모습을 보며 즐거워할지도 모른
다고 생각했다.

어릴 적 개미들의 길을 막고 자신이 그랬던 것처럼.

§

동굴 안은 어둡고 또 칙칙했다. 천장엔 가늘고 긴 종유석들이 한겨울의 고드름처럼 주렁주렁 매달려 있었다. 크기도 제각각이었다. 짧은 것은 새끼손가락 한 마디만 했고, 긴 것은 바닥에 닿아 기둥과 같은 모습을 하고 있었다.

똑… 똑… 똑….

눅눅하고 습한 공기가 만들어 낸 물방울이 규칙적인 소리를 내며 그것들을 타고 떨어져 내렸다. 떨어진 물방울은 바닥에 구멍을 뚫거나 곳곳에 크고 작은 샘을 이루었다. 가끔씩 박쥐가 날개를 퍼덕이는 소리도 들려왔다.

'꿈의 요정이 어디 있다는 거지?'

폴은 한 차례 몸을 부르르 떨었다. 그곳이 무서웠던 것도 있지만, 동굴 특유의 한기를 얇은 셔츠만 달랑 입고는 견디기가 힘들었다. 폴은 조금이라도 몸의 체온을 올리기 위해 두 손으로 양팔을 감싸 안았다.

얼마나 걸었을까. 이러다가는 길을 잃어버리는 게 아닐까 하는 걱정이 들 무렵, 어디선가 작은 목소리가 들려왔다.

"넌 누구야?"

폴은 잔뜩 긴장한 채로 침을 한번 꼴깍 삼키고는 목소리를 향해 물었다.

"네가 꿈의 요정이야?"

그러자 작지만 또렷한 여자아이의 목소리가 대답했다.

"그래 맞아, 나는 꿈의 요정 비올라야."

동굴 안임에도 불구하고 그녀의 목소리는 전혀 울림이 없었다. 그것은 마음속에서 말하는 것처럼 가까이에서 들려오고 있었다. 폴도 간단히 자기소개를 했다.

"나는 꿈의 구슬을 찾고 있어. 행복의 여신을 만나러 가고 있거든."

요정은 두 쌍의 날개로 폴의 주변을 빙빙 돌았다. 폴의 시선도 윙윙거리는 소리에 맞춰 함께 움직였으나, 너무 빨라 미처 따라잡지 못했다. 요정이 팔짱을 낀 채로 쌀쌀맞게 물었다.

"네가 정말로 꿈의 구슬을 찾고 있다면, 우선 내 질문에 대답부터 해야 해."

폴이 구부정한 자세를 바로 하고 묻는 말에 답할 준비를 했다.

"좋아, 그게 뭔데?"

"아까부터 묻고 있잖아. 네가 누군지."

"아 그래, 미안. 내 이름은 폴이야. 방황의 성에서 왔어."

대답을 들은 비올라는 고개를 갸웃거렸다.

"내가 궁금한 건 네 이름이 아니야, 나는 네가 누구인지 묻고 있는 거야."

하지만 고개를 갸웃거리기는 폴도 마찬가지였다.

"난 그냥 폴이야. 모두가 그렇게 부른다고….'

"그럼 사람들이 너를 다르게 부르면 너는 전혀 다른 사람이 되는 거야?"

"그건 아니지만… 솔직히 네가 무슨 말을 하는지 잘 모르겠어."

비올라가 한 차례 한숨을 내쉬었다. 앙증맞은 손으로 가슴을 몇 차례 두들기기까지 했다.

"넌 참 답답한 애로구나, 내 말은 네가 무엇을 하는 사람인지 알려 달라는 거야."

폴은 그제야 이해했다는 듯이 고개를 끄덕였다. 진작 그렇게 물어보지 그랬느냐는 얼굴이었다.

"아, 내 직업을 물어본 거로구나. 하지만 난 직업이 없어. 얼마 전에 일을 그만두었거든."

비올라는 머리를 좌우로 크게 흔들었다. 날개에 묻어 있던 반짝이는 가루도 함께 떨어져 내렸다. 그녀는 팔짱을 풀더니 손을 허리춤에 가져다 댔다.

"나는 네가 말하는 직업이라는 것도 관심 없어. 너에게 가장 소중한 건 무엇인지, 그것으로 어떤 사람이 되고 싶은지 묻고 있는 거야."

비올라가 조금 더 자세히 설명했지만, 폴은 쉽게 대답할 수가 없었다. 아무리 생각해 봐도 그 질문에 대한 답이 딱히 떠오르지 않았기 때문이다. 한참을 고민하던 폴은 힘없는 목소리로 입을 열었다.

"난 잘 모르겠어."

"그야 당연하지. 넌 아무것도 해 보지 않았으니까."

비올라가 다 안다는 듯이 말하자 폴이 발끈했다.

"그렇지 않아! 난 매일 달리기 연습을 했다고."

비올라는 여전히 새침한 표정으로 얇은 날개를 바쁘게 움직였다.

"네가 해 본 건 달리기뿐이잖아. 너에겐 아직 가 보지 않은 길과 열어 보지 못한 문이 무수히 많아. 네가 무엇을 할 때 가장 기쁘고 즐거웠는지 한번 떠올려 봐. 신께서는 인간이 자신에게 맞는 일을 발견했을 때, 그걸 알아차릴 수 있도록 '두근거림'을 감추어 두었으니까."

모포 가게 주인 스티브는 그날도 어김없이 상점 계산대에 앉아, 금고에 감추어 둔 돈을 세고 있었다. 하지만 뭐가 마음에 들지 않았는지 얼굴에는 불만이 가득했다.

'이걸로는 부족해…. 분명 돈을 더 벌 수 있는 방법이 있을 텐데….'

자신의 금팔찌를 만지작거리며 오랜 시간 생각에 잠겨 있던 그는 혼잣말을 중얼거렸다.

"그래, 역시 일하는 녀석에게 주는 돈이 너무 많아. 모포를 만드는 게 별로 어려울 것도 없는데 말이지."

스티브는 급여를 줄일 여러 방법을 떠올려 봤지만 쉽지 않았다. 이미 마을에서 가장 적은 돈을 주고 있었기 때문이다. 그렇게 나른한 오후에 머리를 쓰고 있자니 조금씩 졸음이 몰려왔다. 목젖이 보일 만큼 입을 크게 벌리며 기지개를 켜고 있는데, 갑자기 가게 앞으로 어디서 본 듯한 소년이 지나갔다.

'가만, 내가 저 녀석을 언제 봤더라?'

때마침 좋은 아이디어가 떠오른 스티브는 급하게 상점 문을 나서며 소년을 불러 세웠다.

"이봐, 꼬맹아! 잠깐 멈춰 봐라!"

"저요?"

소년이 혹시나 하는 마음으로 물었다.

"그래, 너 말이다. 우리 며칠 전에 본 적 있지? 그 보석 파는 가게에서."

"죄송하지만 저는 앞을 볼 수 없어요."

스티브가 무안했는지 얼마 남아 있지 않는 머리숱을 긁적였다.

"아니, 그러니까 내 말은 우리가 만난 적이 있다는 말이다. 그때 네가 구걸을 하려고 왔을 때, 나도 그곳에 있었거든."

폴은 순간 기분이 나빴지만, 티를 내지 않으려 노력했다.

"저는 구걸을 하러 간 게 아니에요. 단지 일자리를 얻으려 했던 것뿐이에요."

"그래?"

스티브는 일이 자기 뜻대로 잘 풀려가고 있다고 생각했다. 혹시라도 소년이 일할 생각이 없다면 어떻게 해서든 설득할 셈이었기 때문이다. 그는 시치미를 떼고 물었다.

"그럼, 우리 가게에서 한번 일해 보는 건 어떻겠느냐?"

"정말요? 무슨 일인데요?"

"별거 없단다. 모포를 만드는 일이지. '효율적'으로 말이다."

폴은 효율적이라는 말의 의미를 이해할 수 없었지만, 폴에게 그건 그리 중요한 문제가 아니었다.

"근데, 제가 그 일을 할 수 있을까요?"

"물론이지. 이 일은 누구나 눈 감고 할 수 있을 정도로 쉬운 일이니까. 그러니 너도 얼마든지 할 수 있단다. 다만….."

스티브가 말끝을 흐렸다.

"무슨 문제라도 있나요?"

그는 잠시 머뭇거리더니 다시 입을 열었다.

"이 일은 익숙해지기까지 시간이 걸리는 일이란다. 그래서 그전까지는 일하면서 조금 적은 돈을 받게 될 게다. 대신 이 일을 배워서 나중에 네가 가게를 차리게 되면, 그때는 많은 돈을 벌 수 있지. 어때, 한번 해 보겠느냐?"

폴은 망설이지 않고 크게 대답했다.

"네, 좋아요!"

그날 밤, 집에 돌아온 폴은 그 어느 때보다 달콤한 꿈을 꾸었다.

———— · ————

"나는 나만의 멋진 가게를 갖는 꿈을 꾸었어. 마을에서 가장 크고 비싼 가게 말이야!"

폴은 이것이야말로 꿈의 요정이 말하던 것이라고 생각했다. 하지만 비올라는 이번에도 고개를 가로저었다.

"그것만으론 꿈의 구슬을 가져갈 수 없어."

"어째서?"

폴이 실망한 표정으로 물었다.

"내가 말하는 꿈은 '너'에 관한 것이 아니야, '우리'에 관한 거지. 나는 네가 얼마나 많이 갖고 싶은지 물어본 게 아니라, 네가 무엇으로 다른 사람을 행복하게 하고 싶은지 묻고 있는 거야."

폴은 비올라의 말을 좀처럼 이해할 수 없었다.

"하지만 이건 나의 꿈이잖아. 어째서 내가 다른 사람들까지 신경 써야 하는 건데?"

"그건 행복의 여신님이 그렇게 만드셨으니까. 네가 혹시라도 그분을 뵙게 되면 한번 직접 물어봐. 내가 말해줄 수 있는 건 여기까지야."

매몰차게 말하는 비올라를 앞에 두고 폴은 답답한 마음에 어쩔 줄 몰라 했다. 게다가 자신만 기다리고 있을 일행을 생각하니 미안함과 조급함이 함께 밀려왔다.

"큰일이네, 꼭 가져가야 하는데…."

모포 가게 앞에서 까만 눈동자의 소녀가 이러지도 저러지도 못하고 서성이고 있었다. 소녀는 주문해 놓은 모포를 찾으러 왔지만, 어쩐 일인지 주인은 보이지 않았고, 낯선 소년만 눈을 감고 가게 의자에 앉아 있었다.

'어디 가신 건가?'

소녀는 안에서 조금만 더 기다려 볼 생각으로 열려 있는 상점 문 안으로 들어섰다. 그때 생각지도 않게 소년이 인사를 건네 왔다.

"어서 오세요, 무엇을 도와드릴까요?"

소녀는 깜짝 놀라 소년을 바라보았다. 입술을 움직인 것 같았으나, 여전히 눈을 감고 있었다. 처음엔 졸고 있다고 생각했는데, 이제 보니 벽에 등을 기대지도 않고 허리를 똑바로 편 채로 앉아 있었다. 자다 깬 목소리도 아니었다.

"아, 안녕하세요. 그런데 혹시 스티브 아저씨는 안 계신가요? 모포를 찾으러 왔는데⋯."

소녀는 그도 손님인 줄로만 알고 있다가 자신에게 인사를 해오자, 민망함을 들키지 않으려고 애썼다. 하지만 이미 볼이 빨갛게 물들어 있었다. 폴은 이 소녀가 스티브가 말했던 '오늘 물건을 찾으러 올지도 모르는 손님'이라는 것을 알아챘다.

"아저씨는 잠깐 보석 가게에 가셨어요. 대신 제가 도와드릴게요."

폴은 헤매지도 않고 정확하게 손을 뻗어 판매대 아래에서 물건을 꺼냈다.

"여기 있습니다."

모포를 손에 쥔 소녀는 크게 놀라워했다. 흔하게 볼 수 있는 투박한 모포였지만, 한 올 한 올 섬세하게 짜인 모양새가 그녀의 마음에 꼭 들었다. 이 정도면 웃돈을 주고도 좀처럼 구하기 힘든 물건이었다.

"어머, 정말 아름다운 모포네요. 이렇게 잘 만들어진 모포는 지금껏 본 적이 없어요."

폴은 누군가 자신이 만든 걸 보며, 그토록 감탄해 준다는 사실에 마냥 행복한 기분이 들었다. 지금껏 살아오면서 처음 느껴본 감정이었다.

"스티브 아저씨께 감사하다고 전해 주세요."

소녀는 폴 앞으로 다가와 지폐 몇 장과 은화 세 개를 계산대에 올려 두었다. 그녀는 잠시 폴과 모포를 번갈아 가며 보더니, 급한 약속이 있는 사람처럼 짧은 인사만 남기고 서둘러 자리를 떠났다.

"저기….."

폴이 뒤늦게 소녀를 불렀지만, 소녀는 이미 가게 밖으로 사라진 뒤였다.

그 후로 폴에게는 이상한 일이 일어났다. 모포를 만들면서 본 적도 없는 소녀를 떠올리게 된 것이다. 그녀의 말 한마디 한마디가 방금 들은 것처럼 생생했다.

'어머, 정말 아름다운 모포네요. 이렇게 잘 만들어진 모포는 지금껏 본 적이 없어요.'

폴은 그녀의 목소리가 머리를 맴돌 때마다, 한 주먹씩 고급 양털을 더 넣기 시작했다. 그러다 온종일 그녀를 생각하게 되던 날, 질 낮은 양털은 아예 빼버린 채 모포를 만들고 있는 자신을 발견하게 되었다. 그리고 결국 그로 인해 가게에서 쫓겨나고 말았다.

"난 아무리 생각해도 네가 말하는 걸 할 수 있는 사람이 아니야. 난 그저 집에서 노래 부르다 야단만 맞고, 일하던 가게에서도 쫓겨나기나 하는 쓸모없는 녀석이라고!"

폴의 목소리가 동굴 여기저기를 울려 댔다.

"뭐?"

비올라가 눈을 가늘게 치켜떴다.

"너, 방금 뭐라고 했어!"

폴은 순간 자신이 너무 흥분해서 언성을 높인 게 아닌가 덜컥 겁이 났다. 아무리 그래도 요정 앞이었기에 좀 더 예의를 지켜야 했다고 생각했다.

"미안… 방금 말은 취소할게."

"됐으니까 빨리 다시 말해봐."

폴이 잔뜩 주눅이 든 채로 고개를 떨궜다.

"쓸모없는 녀석이라고…."

비올라는 폴의 대답이 여전히 마음에 들지 않았는지 또 한 번 그를 다그쳤다.

"아니, 처음부터 또박또박 말해봐."

폴이 이제는 거의 들리지도 않을 만큼 작은 목소리로 쥐어짜듯 말했다.

"그게 그러니까… 난 노래 부르다 야단맞고…."

순간 비올라가 가지고 있던 꿈의 구슬이 밝게 빛나기 시작했다. 폴은 볼 수 없었지만, 구슬은 한동안 동굴 안을 가득 채울 정도로 빛을 뿜어냈다가 다시 원래 모습으로 돌아왔다. 빛이 사라지자, 비올라가 폴에게 따지며 물었다.

"넌 어째서 신이 너에게 주신 재능을 감추고 있던 거야?"

"재능이라니? 나한테 그런 게 있을 리가…."

"신께서는 모든 인간에게 그들과 어울리는 재능을 나누어 주셨어. 그리고 그것으로 다른 인간을 돕는 게 너희가 공짜로 재능을 얻은 대가라고 할 수 있지."

폴은 비올라가 대체 무엇을 자신의 재능이라고 말하는지 알 수 없었다. 그러다 문득 스치는 생각이 있었다.

"설마, 노래를 말하는 거야?"

"맞아. 네가 그걸 말할 때마다 계속해서 반짝이고 있잖아."

비올라가 꿈의 구슬을 가리켰다. 그러나 폴은 머뭇거리기만 할 뿐, 좀처럼 입을 열지 못했다.

"내가 노래를 좋아하는 건 맞아. 하지만 아버지는 내가 노래 부르는 걸 무척이나 싫어하셨고, 사람은 좋아하는 일만 해서는 먹고살기 힘들다고 하셨어. 그랬다가는 거지가 되거나 평생 남들에게 손가락질 받으며 살아갈 뿐이라고…."

"맞는 말이야."

비올라는 얇고 작은 날개를 접더니, 허락도 없이 폴의 어깨에 내려앉았다.

"네가 좋아하는 일을 좇아서 하다 보면 넌 남들보다 가난해질 수도 있고, 어쩌면 내일을 걱정해야 할 만큼 힘든 날들이 찾아올지도 몰라."

폴은 역시 아버지의 말이 옳았다고 생각했다. 아버지를 미워하긴 했지만, 자신이 더 나쁜 상황이 되지 않은 건 그나마 아버지의 가르침 덕분이라는 걸 부정할 수 없었다.

"그래도 있잖아."

폴이 잠시 아버지를 떠올리고 있을 때, 비올라의 말이 이어졌다.

"네가 좋아하는 일을 하지 않으면 넌 결코 행복해질 수 없고, 네가 행복하지 않으면 넌 다른 사람을 행복하게 만들 수 없어."

폴은 여전히 왜 다른 사람을 행복하게 해야 하는지 이해되지 않았지만, 더는 묻지 않기로 했다.

"자, 받아."

비올라는 자신이 가지고 있던 구슬을 폴에게 건넸다.

"진짜 주는 거야?"

폴이 쉽사리 받지 못하자 비올라가 냉랭하게 물었다.

"안 받을 거야?"

"아니, 받을게!"

폴은 혹시라도 그녀의 마음이 변할까 싶어 얼른 손을 쭉 내밀었다. 비올라가 공중에 띄워 두었던 강낭콩보다 작은 구슬이 폴의 손바닥에 살포시 닿았다. 처음엔 너무 작고 가벼워서 있는지도 몰랐으나, 구슬은 점점 커지더니 손에 쥘 만한 크기가 되었다.

"그럼 이제 어서 가봐. 네 일행이 동굴 앞에서 떠드는 소리 때문에 머리가 아플 지경이니까."

"아, 알았어. 어쨌든 정말 고마워. 잘 쓸게… 구슬을. 그러니까 내가."

폴은 얼떨떨한 나머지 간단한 인사조차 버벅거렸다. 그렇게 비올라가 귀찮다고 쫓아낼 만큼 고맙다는 말을 서너 번쯤 더 하고 나서야, 왔던 길을 되짚어 다시 동굴 밖으로 향했다.

"흠…."

비올라는 제자리에서 가볍게 날갯짓을 하며 동굴 입구로 향하는 폴을 지켜보았다. 그러다 폴이 거의 시야에서 사라질 때쯤, 그의 뒷모습에다 대고 지금껏 냈던 것 중 가장 큰 목소리로 외쳤다.

"네가 너의 꿈으로 다른 사람을 행복하게 만드는 날이 오면, 그때는 네가 행복하게 만든 사람들이 너를 도와줄 거야. 그러니 지치고 힘든 순간이 오더라도, 그 구슬을 절대로 버리지 않겠다고 약속해!"

폴은 동굴 벽에 손끝을 대고 걷고 있다가 걸음을 멈추고 뒤를 돌아보았다. 그녀의 목소리는 동굴 벽이 아니라 자신의 가슴 전체를 울리고 있었다. 어디서 그런 배짱이 생겼는지, 폴은 구슬을 꽉 움켜쥔 채로 꿈의 요정을 향해 소리쳤다.

"응, 절대로 버리지 않을게!"

비올라는 곧 동굴 속으로 모습을 감추었고, 폴도 서둘러 그곳을 빠져나왔다.

———— ◆ ————

"애송이 녀석은 왜 이리 안 나오는 거야? 역시 내가 갔어야 하는 건데….."

남자의 말에 프랫은 고개를 절레절레 흔들었다.

"당신이 갔으면 틀림없이 꿈의 요정과 싸웠을 거예요. 그녀는 저처럼 성격이 좋지 못하거든요."

남자는 자신이 가지고 있던 커다란 검을 꺼내 보였다. 비록 몇 군데 금이 갔고, 손잡이에 녹이 슬어 있었으나, 여전히 시퍼렇게 날이 서 있었다. 그는 협박하기 딱 좋은 얼굴로 누군가를 위협하는 자세를 잡았다.

"흥, 요정이건 뭐건 원하는 걸 얻어 내려고 할 땐 이것만 한 게 없지."

프랫이 그런 남자를 보며 한심하다는 표정을 짓고 있을 때, 갑자기 입구에서 환한 빛이 비치더니 폴이 걸어 나왔다. 일행은 그를 보자마자 자리를 박차고 일어나 주변으로 모여들었다. 남자도 얼른 검을 집어넣었다.

"어떻게 됐느냐?"

"꿈의 요정은 만났어?"

"구슬은 찾았어?"

서로 다투듯이 묻느라 말이 겹치고 뒤섞였다. 폴은 그들의 질문에 일일이 답하는 대신, 품속에서 작은 구슬을 꺼내 보였다.

투명한 구슬이 햇빛을 받아 한 차례 더 반짝였다.

9

자아의 동굴에서 폴이 나오자 일행은 산을 내려가 불안의 숲으로 향하기 시작했다. 폴은 어렵게 얻은 구슬을 혹시라도 잃어버릴까 싶어 그것을 품속에 잘 갈무리했다. 하지만 그것만으로는 마음이 놓이지 않았는지, 몇 걸음 내딛다 말고 가슴에 손을 넣어 수시로 확인하기까지 했다. 꿈의 구슬을 한참 만지작거리던 폴은 노인에게 부탁해 프랫의 옆으로 조용히 다가갔다.

"프랫, 넌 누구야?"

폴이 일부러 기척을 숨긴 건 아니었지만, 딴생각을 하며 걷고 있던 프랫은 깜짝 놀라서 하마터면 자기 다리에 걸려 넘어질 뻔했다. 프랫이 휘청거린 몸을 간신히 바로잡았다.

"당연히 난 행복의 천사지. 갑자기 그건 왜 물어보는 거야?"

"그냥 아까 동굴에서 있었던 일이 생각나서… 사람들은 네 원래 이름 대신 프랫이라고 부르잖아. 너는 그게 기분 나쁘지 않아?"

"난 또 뭐라고. 물론 내 이름은 프랫이 아니라 브룬델이야. 하지만 난 그런 거에 신경 쓰지 않아. 중요한 건 다른 사람이 나를 어떻게 생각하는지가 아니라, 내가 누구인지를 아는 거니까."

이번엔 프랫이 그에게 되물었다.

"너는 네가 누구라고 생각해?"

폴은 곧장 대답하지 않고, 잠시 말을 아꼈다가 조심스레 자신의 속마음을 털어 놓았다.

"나는 노래 부르는 걸 좋아하긴 하지만, 솔직히 내가 누구인지는 잘 모르겠어. 내가 누구인지 안다고 해서 다른 사람이 나를 그렇게 봐 주는 것도 아니잖아. 그래서 나는 그게 그렇게 중요한 문제인가 싶어."

그러자 언제나 장난기 가득했던 프랫의 표정이 바뀌며, 지금껏 본 적 없는 진지한 얼굴이 되었다.

"그건 너에게 있어 가장 중요한 문제야. 네가 자신을 누구라고 생각하는지에 따라 앞으로 네 인생은 완전히 달라질 테니까. 네가 누구인지 스스로 정하지 않으면, 다른 사람이 너를 정해 주는 대로 살아가게 될 거야. 그러니 네가 누구인지 늘 기억해야만 해."

폴은 프랫이 겨우 알아차릴 만큼 고개를 끄덕였다.

"알겠어…."

하지만 대답과는 다르게 폴은 여전히 자신이 없었다. 지금껏 자신의 노래를 좋아해 준 사람도, 자신의 꿈을 믿어준 사람도 없었기 때문이다. 어쩌면 모두의 비웃음을 살 바에는 누구에게도 들키지 않을 만큼 꼭꼭 숨겨두는 편이 나을 것도 같았다.

폴이 혼자서 그런 생각을 하는 동안, 주변의 풍경도 점차 바뀌어 갔다. 완만한 산기슭이 끝나고 나무가 우거진 숲속에 들어서고 있었던 것이다. 폴은 노인이 굳이 말해 주지 않아도, 풀 밟는 소리와 머리 위를 덮는 서늘한 그늘을 통해 지금까지와는 전혀 다른 곳을 지나고 있음을 알 수 있었다.

그곳은 빽빽하게 자리한 나무들이 왠지 모를 음산한 분위기를 풍기는 숲이었다. 폴은 기분 탓인가도 싶었지만, 다들 숲이 이상하다고 한마디씩 하는 걸 보니 자신만 그렇게 느낀 건 아닌 모양이었다.

게다가 숲 안으로 발을 들여놓은 지 채 얼마 되지 않아, 사방에서 등골을 오싹하게 만드는 동물의 울음소리가 들려오기 시작했다.

"걱정의 늑대로구나."

할 노인이 먼저 알은체를 했다.

"영감님은 저 동물을 아시나요?"

"예전에 이 숲을 몇 번인가 오고 간 적이 있단다. 그때마다 저 늑대의 울음소리를 듣곤 했지."

폴의 얼굴은 어느새 두려움으로 가득해졌다.

"걱정의 늑대는 무섭게 생겼나요?"

"나도 직접 만나본 적은 없어. 다만 저 늑대는 사람들이 이곳을 지나가려고 하면, 어디선가 나타나 저렇게 끊임없이 울어 댄단다. 더는 앞으로 나아갈 수 없도록 말이야."

말이 끝나기 무섭게 또다시 늑대들의 울음소리가 들려왔다.

"정말 기분 나쁜 소리네요."

폴이 어깨를 잔뜩 움츠리자, 프랫은 양 볼에 쏙 들어간 보조개를 보이며 귀엽게 웃어 댔다.

"폴, 너는 걱정하지 않아도 돼."

"그게 무슨 말이야?"

"너에게는 꿈의 구슬이 있잖아. 네가 그걸 가지고 있는 동안에는 그게 너를 지켜줄 거야. 이곳에 사는 동물들은 그 구슬이 가진 밝은 빛을 무서워하거든. 그러니 너무 걱정할 필요 없어."

"그렇구나."

폴은 '휴'하고 길게 안도의 한숨을 내쉬었다. 그러다 문득 구슬을 가진 건 자신뿐이라는 걸 떠올렸다.

"근데 프랫, 넌 꿈의 구슬도 없잖아. 너는 이곳을 지나가는 게 걱정되지 않아?"

"응, 나는 걱정하지 않아."

프랫은 자기 말대로 더없이 편안해 보였다. 뒷짐을 지고 있다가 가끔 휘파람을 부는 모습이 가볍게 산책 나온 거로밖에 보이지 않았다.

"어째서?"

폴이 말끝을 올리며 다시 물었다.

"그야 걱정하는 일들은 대부분 일어나지 않으니까."

"하지만 걱정했던 일들이 일어나기도 하잖아."

"그렇긴 하지. 그래도 내가 생각했던 것만큼 큰일은 아닌 경우가 많으니까."

"만약에 네 생각만큼 큰일이라면?"

폴의 연이은 질문에도 프랫은 귀찮은 기색을 보이지 않았다. 귀찮아하기는커녕 다음엔 또 뭘 물어볼까 은근히 기대하는 눈빛이었다.

"내 생각만큼 큰일이라고 해도 그건 내 생각보다 금방 지나가 버리더라고."

말을 마친 프랫은 배시시 웃었다. 그러고도 할 말이 더 남았는지, 곱슬머리를 한 손으로 배배 꼬면서 다시 입을 열었다.

"신께서는 인간이 하루하루 누릴 수 있는 행복을 만들어 놓으셨어. 그런데 인간은 아직 일어나지도 않은 일 때문에 오늘 하루만큼의 행복을 잃어버린 채 살아가니 안타까울 따름이야."

프랫의 말을 가만히 듣고 있던 폴이 부러운 표정을 지었다.

"넌 정말 좋겠다. 그렇게 걱정 없이 살 수 있다니 말이야."

프랫은 한껏 어깨를 치켜들었다.

"응. 나는 내가 너무 좋아."

—•—

"저는 제가 너무 싫어요."

브룬델이 시무룩하게 말했다.

"왜 저만 이런 어린아이의 모습인 거죠? 용기의 천사나 꿈의 천사는 저렇게 멋진 모습을 하고 있는데… 아무르 님은 왜 저만 미워하신 거죠?"

따지듯이 묻는 그의 모습에 아무르가 인자한 얼굴로 답했다.

"너를 미워한 게 아니란다. 내가 너를 그렇게 만든 건 네가 행복의 천사이기 때문이지."

아무르는 브룬델의 머리를 부드럽게 쓰다듬었다.

"나는 인간을 만들 때 그들이 서로 싸우지 않고 돕도록 만들었단다. 그래서 나이에 따라 각기 다른 걸 나누어 주었지. 어린아이에게는 앞날을 걱정하지 않는 능력과 놀라운 상상력을 주었고, 젊은이에게는 튼튼한 육체와 눈부신 아름다움을 주었단다. 그리고 노인에게는 지혜와 여유를 주었지. 너는 내가 가장 사랑한 모습이 어떤 것이었을 것 같니?"

"신께서 가장 사랑하신 건 어린아이의 모습과 능력이었어. 그리고 그걸 나에게 주신 거지."

프랫은 기세등등하게 팔짱을 꼈다.

"어린아이는 젊은이들처럼 먹고사는 문제를 걱정하지도 않고, 노인들처럼 꿈을 잃어버리지도 않았으니까. 하지만 인간은 아이에게서 배우려 하지 않고, 오히려 가르치려 들려고만 하니 참 답답한 노릇이야."

프랫이 일부러 남자를 쳐다보며 말했다. 남자도 이에 지지 않고 대꾸했다.

"우린 너 같은 어린애를 보고 철이 없다고 하거나 세상 물정 모른다고들 하지. 너처럼 살다가는 실패한 인생이 될 뿐이야."

"실패한 인생이라고요?"

"그래."

"당신이 말하는 실패한 인생이라는 게 뭐죠?"

"매일 먹을 것을 걱정하고 잠잘 곳을 찾아야 하는 삶 말이야. 허황된 꿈만 꾸다 가는 가진 것도 없고, 오갈 데도 없는 그런 비참한 인생이 될 게 뻔하잖아."

프랫이 의아하다는 듯 눈을 동그랗게 떴다.

"신께서 말씀하신 것과는 조금 다르네요."

"뭐?"

"신께서는 실패한 인생이란 가진 것이 없는 인생이 아니라, 본래 만들어진 목적대로 살지 못하는 것이라고 하셨거든요. 그분은 인간이 살아가는 데 많은 게 필요하도록 만들지 않으셨어요. 그저 즐겁고 행복하게 살기를 바라셨을 뿐이니까요."

그 말에 남자가 대놓고 코웃음을 쳤다.

"너는 인간이 아니라서 잘 모르겠지만, 즐겁게 살기 위해서는 가진 게 많아야 하는 거야."

프랫은 남자의 말을 그대로 되돌려 주었다.

"당신은 천사가 아니라서 잘 모르겠지만, 천사는 인간에게 꼭 필요한 만큼 나누어 주기 위해 애쓰고 있어요. 하지만 인간은 언제나 부족하다고 말하죠. 이미 많은 것을 가지고 있으면서도, 어떻게 하면 더 가질 수 있을까만 생각하니까요. 그래서 결코 만족할 줄도 몰라요. 자신이 가진 것을 바라보며 감사할 때, 비로소 즐겁게 살아갈 수 있는 법인데 말이죠."

남자는 프랫의 말이 끝나기만 기다렸다는 듯 날카롭게 쏘아붙였다.

"천사들이 꼭 필요한 걸 나눠줄 때 어째서 내 팔과 저 영감의 다리는 빼먹었는지 궁금하군. 저 녀석의 눈도 마찬가지고 말이야. 그리고 내가 가진 거라곤 이 낡아빠진 검 한 자루뿐인데, 뭘 즐거워하라는 거야?"

"그건…."

프랫이 뭔가를 막 설명하려 할 때였다. 갑자기 엄청난 땅울

림과 함께 커다란 굉음이 들려왔다. 동시에 모두가 하던 행동을 멈추고 소리가 들려온 쪽을 향해 시선을 돌렸다.

쿵! 쿵! 쿵!

소리는 점점 크게 들려오더니, 일행이 서 있는 곳을 마치 지진이라도 난 것처럼 흔들어 대기 시작했다.

"어서 숨거라, 폴!"

노인이 폴의 옷자락을 잡아당기며 다급하게 말했다. 일행은 영문도 모른 채, 노인이 시키는 대로 근처 풀숲에 숨어 몸을 납작 엎드렸다.

"무슨 일이죠?"

"쉿."

노인은 폴의 입을 막았다. 그러자 조금 전까지 그들이 있던 곳에서 엄청난 포효가 들려왔다. 나뭇잎 사이로 얼핏 보이는 건 짙은 회색 털로 덮인 거대한 짐승이었다.

"크아아아앙!"

천둥이 치는 듯한 소리가 불안의 숲을 가득 메웠다. 그렇게 한참을 울부짖던 소리는 차츰 가라앉았고, 시간이 좀 더 흐르자 언제 그랬냐는 듯 주변은 다시 고요해졌다.

"이제 움직여도 될 것 같구나."

노인이 폴의 어깨를 두들겼다. 폴은 급하게 몸을 숨기느라 옷에 묻은 흙을 털어 내며 조심스럽게 물었다.

"대체 조금 전에 무슨 일이 있었던 거죠?"

"방금 나타났던 건 '분노의 곰'이었단다. 저 녀석은 평소엔 잘 보이지 않지만, 누군가 자신의 영역에 들어오거나 자신을 방해한다고 느끼면 저렇게 모습을 드러내곤 하지. 네가 바로 자리를 피하지 않았더라면, 아마 저 녀석은 너에게 큰 상처를 입혔을 거다."

폴이 이상하다는 듯 구슬을 꺼내 들었다. 구슬에서는 여전히 하얀 빛이 흘러나오고 있었다.

"어째서 저 곰은 꿈의 구슬을 무서워하지 않는 거죠?"

"무서워하지 않는 게 아니야."

"그럼요?"

"분노의 곰은 한번 화가 나면 아무것도 보지 못한단다. 그래서 저렇게 상대를 가리지 않고 사납게 달려드는 게지. 저놈은 주변을 온통 쑥대밭으로 만들고 나서야, 원래 있던 곳으로 돌아가는 지독한 녀석이야."

노인이 아니었다면 지금쯤 곰의 뱃속에 들어가 있을지도 모른다는 생각에, 폴은 머리가 쭈뼛 서는 듯했다.

"그럼 저 곰을 상대할 방법은 없는 건가요?"

노인은 고개를 내저었다.

"가장 좋은 방법은 잠시 자리를 피하는 거야. 같이 맞서려 하다가는 목숨을 잃을 수도 있단다. 운이 나쁘면 말이지."

"운이 좋으면요?"

폴이 별생각 없이 던진 물음에 노인의 얼굴빛이 갑자기 어두워졌다. 눈가가 떨리며 옅은 신음을 내뱉기까지 했다. 노인은 잠시 뜸을 들이다 나지막이 대답했다.

"나처럼 되겠지."

———◆———

유난히 키 작은 꼬마 하나가 혀를 날름거리고 있는 뱀을 만지려 할 때였다.

슈우웅.

어디선가 커다란 검이 날아와 땅에 깊숙이 꽂혔다. 그걸 본 뱀은 놀라서 급히 똬리를 풀고 숲속으로 사라져 버렸다.

"여기서 뭘 하고 있니, 꼬마야?"

숲속에서 금색 머리를 가진 듬직한 체격의 남자가 걸어 나오며 물었다. 꼬마는 남자가 다가오는 모습을 호기심 어린 눈으로 보고 있다가, 자신 앞에 멈춰 서자 그를 올려다보았다.

"저는 이곳에서만 자란다고 하는 버섯을 찾고 있어요."

"버섯이라고?"

"네."

"무슨 버섯 말이냐?"

"음… 그게… 알록달록한 버섯인데….."

꼬마는 낯선 사람의 물음에 꼬박꼬박 말대답을 해 주었다. 만약 부모가 보았다면 잔소리를 한참 들었을 만큼 조심성 없는 행동이었다.

"아! 비교의 버섯이요."

순간 남자의 눈빛이 흥미롭게 변했다.

"그 버섯은 왜 찾고 있는 거니?"

꼬마는 가렵지도 않은 뒤통수를 긁적였다.

"저는 보시다시피 다른 사람들보다 키가 매우 작아요. 왜 저만 이런 건지 매일 고민하다가, 마을 사람들이 비교의 버섯을 즐겨 먹는다는 걸 알게 됐어요. 그래서 저도 혹시 그걸 먹으면 키가 커질 수 있지 않을까 해서 여기에 오게 된 거예요."

이야기를 듣고 있던 남자가 미소를 머금은 채 귀여운 꼬마를 타일렀다.

"꼬마야, 네가 찾고 있는 버섯은 결코 네 키를 자라게 하지 못해. 몸에도 하나 좋을 게 없단다."

"뭐라고요? 그럼 사람들은 왜 매일 그걸 먹는 거죠?"

"그건 이곳에서 가장 눈에 잘 띄는 버섯이기 때문이지. 제법 맛도 있는 편이고. 하지만 그걸 계속 먹는다면 네 몸은 쉽게 병들고 말 거다. 그러니 너는 그걸 최대한 멀리하는 게 좋아. 내 말 알겠니?"

"네…."

꼬마는 버섯에 대한 기대가 내심 컸었는지, 실망한 얼굴로 마지못해 고개를 끄덕였다.

"그리고…."

남자가 무릎을 굽혀 꼬마와 눈높이를 같게 한 후에 말을 이어 나갔다.

"이곳은 상당히 위험한 곳이란다. 방금 네가 만지려 했던 건 '우울의 뱀'이라고 하는 녀석이야. 그 녀석은 나무 위나 수풀 속에 몸을 숨기고 있다가, 먹잇감이 나타나면 그 커다란 몸으로 사냥감을 휘감아 버린단다. 그렇게 꼼짝도 할 수 없게 만든 다음, 힘이 완전히 빠져나가면 그제야 천천히 잡아먹어 버리곤 하지."

남자는 꼬마가 겁을 집어먹었을 거라 생각하고 꼬마의 표정을 살폈다. 그러나 꼬마는 신기하다는 듯 남자의 설명을 듣고 있을 뿐, 별로 놀라는 기색은 보이지 않았다.

"하긴, 알아듣기에는 아직 너무 어린가…. 아무튼 꼬마야, 어서 이곳을 벗어나서 마을로 돌아가거라. 이곳에 사는 무시무시한 녀석들을 만나지 않도록 조심하고. 알겠니?"

"네."

꼬마가 고갯짓을 하자 남자는 인사를 대신해 꼬마의 볼을 툭 한번 건드렸다. 그러고는 힘도 들이지 않고 검을 바닥에서 뽑더니, 왔던 방향으로 성큼성큼 돌아가 버렸다.

꼬마는 남자가 나무 사이로 사라지는 걸 멍하니 바라보았다. 그가 모습을 완전히 감추고 나서야 자신도 마을로 돌아갈 준비를 했다. 준비라고 해 봐야 가지고 왔던 바구니를 챙기기만 하면 됐다.

바구니는 공짜로 줘도 아무도 받지 않을 만큼 낡고 헤져 있었다. 나름 나무껍질로 촘촘하게 짜여 있었으나, 벌레가 먹었는지 성한 곳을 찾기 어려웠다. 안에는 나뭇잎으로 감싼 주먹밥 하나만 덩그러니 남아 있었다. 그마저도 벌써 개미가 꼬여 있었다.

꼬마가 바구니를 주워 들고 이제 막 뒤를 돌아서려 할 때였다. 갑자기 등 뒤로 말로 설명하기 힘든 불길한 기운이 엄습해 왔다. 꼬마는 잠시 멈칫했다가 서서히 뒤를 돌아보았다.

조금 전 무서운 얘기를 들었던 탓이었을까. 아니면 뻗어 나온 나뭇가지가 머리 위를 가린 걸까. 단순히 착각이길 바랐지만, 그건 착각이 아니었다. 오히려 생각보다 더 안 좋은 상황이었다.

눈앞에는 거대한 그림자가 자신을 가로막고 서 있었다. 시커먼 형상이 하늘 전체를 덮을 듯 시야를 가렸고, 보이는 거라곤 온통 어둠뿐이었다. 오직 붉은 눈동자만 불꽃처럼 빛을 냈다.

그것은 앞발을 들고 있는 커다란 곰이었다.

———◆———

일행은 언제 또다시 나타날지 모를 분노의 곰을 피해 서둘러 달아나기 시작했다.

"이쪽으로."

남자가 이곳 지리를 아는지 그들을 이끌었다. 일행은 그를 따라가느라 나뭇가지에 긁히고 나무뿌리에 걸려 넘어지기도 했다. 하지만 남자는 마음에 드는 장소를 찾을 때까지 멈출 생각이 없어 보였다.

근처에선 걱정의 늑대가 쉴 새 없이 울어 댔고, 우울의 뱀이 나뭇가지에 똬리를 튼 채 '쉬익' 소리를 내기도 했다. 폴은 이대로 집으로 돌아가 침대에 몸을 푹 파묻고만 싶었다. 하지만 남자의 걸음은 더 빨라졌다.

워낙 급하게 가다 보니 숲 안으로 들어가는 건지, 밖으로 나가는 건지도 구분이 되지 않았다. 일행은 그저 남자가 가는 방향이 맞기만 바랄 뿐이었다.

"잘들 따라오고 있는 거지?"

남자가 드디어 걸음을 멈추고 뒤를 돌아보았다. 얼마나 정신이 없었는지 폴은 노인 대신 프랫을 업고 있었고, 노인은 수북이 쌓인 낙엽에 빠져 얼굴만 삐죽 내밀고 있었다. 심지어 프랫은 한쪽 발이 맨발이었다.

남자는 머리를 짚고 짧게 한숨을 지었다. 프랫은 벗겨진 신발 한 짝을 주워 들고 남자 곁으로 천천히 다가왔다. 폴도 떨어진 노인을 다시 둘러업고 거꾸로 쥐었던 지팡이를 바로잡았다. 잠깐 새에 다들 몰골이 말이 아니었다.

일행은 조금 전 남자가 발견한 울타리를 앞에 두고 나서야, 겨우 숨을 돌릴 수 있게 되었다.

10

숲 안쪽으로 울타리가 넓게 쳐져 있었다. 칠이 벗겨진 곳에 선명한 이빨 자국과 온갖 발톱 자국이 나 있는 것으로 보아, 맹수들이 이곳 주위를 어슬렁거리는 것 같았다. 아직 멀쩡히 박혀 있는 게 신기할 따름이었다. 울타리 중간에는 사람만 드나들 수 있는 작은 쪽문이 있었고, 그 너머로 꽤 그럴듯한 오두막이 서 있었다.

오두막은 가까워질수록 점차 또렷한 윤곽을 드러냈다. 평범한 통나무로 만들어진 것 같았으나 벽돌로 지은 것만큼이나 튼튼해 보였고, 대충 쌓아 올린 것 같으면서도 왠지 모를 안정감이 느껴졌다. 설령 폭풍이 불어 주변의 나무들이 뿌리째 뽑혀

나가도, 왠지 저 오두막만은 끄떡없이 서 있을 듯했다. 그만큼 잘 만들어진 건물이었다.

오두막은 언제 지어진 것인지 쉽게 짐작이 가지 않았다. 다만 벽면에 짙은 갈색으로 변색한 부분이 많은 것으로 보아, 최근에 지어진 게 아니라는 점만은 분명했다. 딱히 누가 살고 있는 것 같지도 않았다.

일행이 주변을 살피며 조심스럽게 오두막에 다가가는 것과는 달리, 남자는 조금도 망설이지 않고 오두막으로 향했다. 그는 노크도 없이 문을 열고 들어서더니, 모두에게 들어오라는 손짓을 했다. 서로 눈빛을 교환한 프랫과 노인도 남자의 말을 따랐다.

오두막 안은 텅 비어 있었다. 오래도록 사용한 사람이 없었는지 보이는 곳마다 거미줄이 두껍게 쳐져 있었고, 먼지가 수북이 쌓여 있었다. 그들이 지나간 자리마다 각기 다른 크기의 발자국이 그대로 남겨졌다.

"오늘은 여기서 쉬기로 하지."

남자가 오두막 내부를 한번 둘러보고는 거실에 있는 벽난로 앞에 자리를 잡았다. 그나마 가장 깨끗한 곳을 고른 것이었으나, 지저분하기는 매한가지였다. 작은 배낭을 내려둔 것만으로도 먼지가 풀풀 날렸다.

일행은 오두막에서 밤을 보내기로 하고 각자 역할을 나눴다. 우선 프랫이 땔감을 주워 오기로 하고, 남자가 그것들로 불을 피우는 동안, 폴과 노인은 먹을 만한 것을 찾아 근처를 살피기로 했다.

하지만 프랫과 남자가 일을 끝낸 지 한참이 지나도록 밖에 나갔던 이들은 돌아오지 않았다. 슬슬 그들이 걱정되어 엉덩이가 들썩일 때쯤, 폴과 노인이 꾀죄죄한 모습을 하고 일행 앞에 나타났다.

"먹을 게 없었나 보군."

빈손으로 돌아온 그들을 보며 남자가 씁쓸하게 입을 뗐다. 별다른 표정 변화는 없었으나, 나무 꼬치까지 만들어둔 것으로 보아 만반의 준비를 했던 모양이었다. 옆에 있던 프랫의 배에서는 꼬르륵 소리가 크게 났다.

"사방에 비교의 버섯뿐이지 뭔가."

노인도 낙담한 얼굴이었다. 원래도 땟국물이 흐르던 얼굴이 더 지저분해져 있었다. 폴의 옷과 머리에는 도깨비풀이 잔뜩 달라붙어 있어, 모두 떼려면 밤을 새워야 할 판이었다. 대체 어딜 다녀온 건지 알 수 없었다.

남자가 품속에 손을 넣더니 작은 주머니를 꺼내 일행 한가운데로 던졌다.

"아쉬운 대로 이거라도 먹어두라고."

"이게 뭐예요?"

프랫이 넘어질 듯 달려가 주머니를 끌렀다. 주머니 안에는 콩알만 한 녹색 열매 여덟 개가 들어 있었다.

"인내의 열매로군."

노인이 아는 척을 하자, 남자가 의외라는 얼굴로 노인을 바라보았다.

"설마 이걸 알아보는 사람이 있을 줄이야. 영감, 대체 뭐하던 사람이야?"

노인은 대수롭지 않게 대꾸했다.

"나도 젊었을 때는 꽤나 이곳저곳을 돌아다녔다네. 다리가 이렇게 되기 전까지는 말일세. 덕분에 많은 걸 보고 주워들을 수 있었지. 하지만 실제로 보기는 처음이군. 자네야말로 이걸 어떻게 구한 거지? 이건 기다림의 초원에서만 자란다고 알려진 것인데…."

"나도 이게 어디서 난 건지는 몰라. 예전에 우연히 만난 사람에게 얻은 것뿐이니까. 원래는 꽤 많았는데, 지금은 다 먹고 남은 게 그게 다야. 그렇다고 너무 실망하지는 말라고. 보기엔 작아 보이지만, 저거 하나만 먹어도 며칠은 끄떡없을 테니까."

남자는 주머니를 손에 쥔 채 눈이 빠져라 열매를 살펴보고 있는 프랫을 불렀다.

"꼬맹이, 어서 그걸 사람들에게 나눠 줘."

"내가?"

프랫은 화들짝 놀라더니, 당황했는지 다시 예전처럼 반말을 했다.

"뭘 그리 놀라는 거야? 네가 지금 주머니를 들고 있잖아."

프랫은 잠시 머뭇거리다가 어정쩡한 자세로 열매를 꺼내 일행에게 나눠 주기 시작했다.

"자 여기…."

프랫은 폴에게 네 개, 노인에게 한 개, 그리고 남자에게 세 개를 건넸다.

"너 지금 뭐 하는 거야?"

남자가 소리치자 프랫은 움찔하며 그의 눈치를 살폈다.

"왜? 내가 또 뭘 잘못했어?"

남자는 프랫을 빤히 쳐다보았다. 설마 정말 몰라서 묻느냐는 눈빛이었다.

"이렇게 나누면 네 몫은 없잖아. 그리고 왜 이렇게 이상하게 나누는 거야?"

프랫이 부끄러운 듯 고개를 숙였다.

"미안… 사실 난 셈을 할 줄 몰라."

"뭐?"

남자는 열매를 다시 모은 뒤에 일행에게 두 개씩 공평하게 나누어 주며 말했다.

"신이 왜 너를 그렇게 만들었는지 모르겠군, 그래도 명색이 천사인데 말이야. 나라면 그렇게 바보처럼 만들지는 않았을 텐데…."

"바보라니! 신을 모욕하지 마. 신께선 비록 나를 셈을 할 줄 모르게 만드셨지만, 그건 바보로 만든 게 아니야! 그런 게 나에게는 필요 없는 능력이라고 하셨어!"

남자가 능글맞은 미소를 입가에 매달았다.

"알았으니까 너무 열 내지 말라고. 보아하니 너에게는 싸울 수 있는 능력 또한 주시지 않은 것 같으니까. 그렇게 화내 봐야 하나도 무섭지 않다고."

프랫은 얼굴이 빨개질 정도로 씩씩거리고는 삐친 표정을 했다.

"흥, 네가 아무리 나를 놀려 봐야 소용없어. 시간이 조금만 지나도 네가 나를 화나게 한 것쯤은 모두 잊을 수 있거든. 너야 말로 나를 화나게 해 봐야 헛수고일 뿐이야. 어때, 신께서 나에게 주신 능력이?"

남자는 헛웃음을 지으며 비아냥거렸다.

"그거 정말 탐나는 능력이군."

프랫과 남자의 사소한 말다툼이 끝나자 일행은 모두 잠잘 준비를 했다. 프랫은 곰으로부터 도망친 이후 긴장이 풀렸는지 그대로 곯아떨어졌고, 노인 역시 일찌감치 잠자리에 들었다. 그러자 모닥불 주위에는 불이 꺼지지 않도록 계속 장작을 던져 넣고 있는 남자와, 멍하니 모닥불을 바라보며 온기를 쬐고 있는 폴만 남게 되었다.

"행복의 섬은 왜 가려는 거야?"

폴은 남자가 자신에게 하는 말이라는 걸 뒤늦게 알아챘다. 남자와 대화를 나눈 건 몇 번 되지 않았지만, 그때마다 늘 어색하기만 했다.

"당연히 눈을 고치고 싶어서죠. 아저씨는요?"

남자는 폴의 질문에 대답하지 않았다. 한동안 정적이 흐르자 폴은 자신이 괜한 걸 물었다고 생각했다. 말 못 할 사연이라도 있는 걸까? 어쩌면 죄를 짓고 도망 다니는 범죄자일지도 몰랐다. 폴은 혹시라도 분위기가 무거워질까 싶어 얼른 다른 질문을 던졌다.

"아저씨는 이름이 뭐예요?"

하지만 이번에도 남자는 대답하지 않았다. 그러다 장작불이 몇 차례 타닥거리는 소리를 낸 후에야 남자의 목소리가 들려왔다.

"이름 따윈 잊은 지 오래다."

———— ◆ ————

"제 이름은 제이콥이에요. 당신은 누구시죠?"

제이콥은 자신을 내려다보고 있는 낯선 사내를 향해 물었다.

"좋은 이름이군. 난 이곳에 살고 있는 나무꾼이네. 우연히 해변을 지나다 자네가 쓰러져 있는 것을 보았지. 좀 더 누워 있게나. 아직 일어나긴 무리일 걸세. 마실 물이라도 좀 가져오지."

나무꾼이 방에서 나가자 제이콥은 흐릿한 시야로 주변을 둘러보았다. 나무로 만들어진 천장과 벽들이 보였고, 자신이 누워 있는 침대가 보였다. 아마도 어느 오두막의 침실로 쓰이는 방인 듯했다. 그는 무심코 자리에서 일어나려다가 몸을 크게 휘청거렸다. 응당 있어야 할 한쪽 팔 대신 붕대가 칭칭 감겨 있었기 때문이다.

"내 인생도 이제 끝났군."

제이콥은 일어나려던 걸 포기하고 그대로 다시 누워 눈을 감았다. 지나간 기억들이 머리를 어지럽혔고, 뒤늦은 후회가 몰려왔다. 아픈 건 팔이 아닌 마음이었다.

어쩌다 이 지경까지 온 걸까. 한숨을 크게 쉬어 보았지만, 가슴은 여전히 답답하기만 했다. 차라리 정신을 차리지 못했더라면 더 좋았으리라 생각했다.

그의 오래된 꿈은 기사가 되는 것이었다. 누군가 왜 기사가 되고 싶은지 물어 오면 딱히 대답할 말은 없었다. 어린 시절에는 그저 장난감 칼을 가지고 노는 게 좋았고, 자라서는 사랑하는 사람을 곁에서 지켜 주고 싶었다. 단지 번쩍이는 갑옷을 입고 싶은 거라 해도 좋았다. 이유 따윈 크게 중요치 않았다.

성년식을 치르자마자 제일 먼저 한 건 마을 자경단에 지원한 일이었다. 또래보다 큰 키에, 몸도 다부진 편이었으니 충분히 뽑힐 만하다고 생각했다. 결과는 예상대로였다. 마을 게시판에 붙은 공고문 첫 줄에 자신의 이름이 적혀 있었다. 눈을 몇 번 비벼 보았으나, 역시나 자신의 이름이 맞았다. 지금 돌이켜 봐도 가장 뿌듯한 순간이었다.

한동안은 세상을 모두 얻은 것처럼 기뻤다. 자경단에 들어간 것뿐 아니라, 모든 걸 바칠 만큼 사랑하는 연인이 있었기 때문이다. 이대로라면 굳이 기사가 되지 않아도 좋다고 생각했다. 자경단원의 수입이 그리 많은 건 아니었지만, 가정을 꾸려 먹고살기엔 부족함이 없었고, 괜한 욕심으로 그 행복을 깨뜨리고 싶지도 않았다.

하지만 미래를 약속한 연인의 생각은 달랐다.

"전 당신을 믿어요. 꼭 멋진 기사가 될 수 있을 거예요."

그녀는 어쩌다 마을 시장이라도 갈 때면, 단골 가게에서 그의 꿈을 떠벌리곤 했다. 얼굴이 달아올라 고개를 제대로 들 수 없는 순간도 많았다. 하지만 내심 싫지는 않았다. 비록 주변의 놀림을 받긴 했지만, 언젠간 꼭 기사가 되어 보이리라 다짐했다.

무슨 일이 있어도 반드시.

하지만 결국 팔 한쪽을 잃어버리게 되면서, 모든 꿈이 물거품이 되고 말았다.

"난 정말 운도 없군."

제이콥은 조용히 혼잣말을 했다.

"자넨 정말 운이 좋군."

곧이어 넓은 어깨의 나무꾼이 금발을 쓸어 올리며 나타났다. 손에는 세숫대야로 써도 될 만큼 커다란 물통을 들고 있었다.

"그렇게 피를 많이 흘리고도 살아남을 수 있다니 놀라운 일이야. 아마도 천사들이 자네를 많이 좋아한 모양이네."

제이콥은 누운 채로 말없이 창문을 내다보았다. 창문 밖으로 눈부신 아침 햇살이 쏟아져 들어오고 있었다.

———— ◆ ————

"좋은 아침일세."

어느새 일어난 할 노인이 제이콥에게 인사를 건넸다.

"꼬맹이들은?"

노인이 턱 끝으로 한쪽을 가리키자, 그곳에는 기지개를 켜고 있는 폴과 침 자국이 난 채 하품을 하는 프랫의 모습이 보였다.

"모두 일어났으면 어서 가지. 이 기분 나쁜 숲에서 조금이라도 빨리 벗어나고 싶으니까."

간밤에 깊은 잠을 못 잤는지, 다들 눈 밑이 거뭇거뭇했다. 하지만 아무도 조금 더 있자는 말을 꺼내지 않았다. 날이 밝자 또다시 걱정의 늑대가 시끄럽게 울어 댔던 것이다. 오두막 뒤편에서는 쿵쾅거리는 곰의 발소리도 들리는 듯했다. 곧 나무가 우지끈 소리를 내며 통째로 넘어갔다.

"일찍 나오길 잘했군."

폴과 프랫은 오두막 문을 나서자마자 뛰는 듯이 걷기 시작했다. 나중엔 오히려 제이콥이 좀 천천히 가라며 타박할 지경이었다. 그들은 얼마나 빨리 걸었던지 뒤로한 오두막이 순식간에 주먹만 한 크기로 작아졌다. 그리고 곧 시야에서 사라졌다.

울타리를 벗어나자 또다시 울창한 나무들이 짙은 어둠을 만들어 냈다. 찬란한 아침햇살은 일행에게 닿지 않았고, 밤인지 낮인지도 모를 만큼 주변이 어두워졌다. 어느 순간부터는 한 치 앞도 볼 수가 없었다.

다행히 폴이 가지고 있던 꿈의 구슬이 밝은 빛을 내주어 큰 도움이 되었다. 그들은 누가 등을 떠밀기라도 하는 것처럼 쉴 새 없이 다리를 움직였다. 덕분에 꽤 먼 거리였음에도 불구하고, 오후가 되기 전에 음산하고 그늘진 불안의 숲에서 빠져나올 수 있었다.

하지만 숲을 벗어난 일행의 얼굴은 여전히 어둡기만 했다. 숲이 끝나는 곳에 길도 끝나 있었기 때문이다. 단지 길만 없어진 게 아니었다.

그곳은 깊은 절벽이었다.

11

탁 트인 전경 아래로 발을 디딜 수 있는 모든 것이 사라져 있었다. 보통은 하늘에 있어야 할 검은 독수리들이 눈높이에서 날아다녔고, 땅이 있어야 할 곳에는 구름 같은 안개만 자욱했다. 모두가 약속이라도 한 듯 자리에 멈춰 섰다.

제이콥은 조금 더 바짝 다가가 밑을 내려다보았다. 보이는 것은 거의 없었으나, 한번 떨어지면 다시는 올라오지 못 할 가파른 낭떠러지라는 건 알 수 있었다. 어쩌면 지금 서 있는 땅이 솟아오른 건지도 몰랐다.

휘이잉.

폴도 바닥에 납작 엎드려 귀를 가져다 대보았다. 계곡 사이를 돌아다니는 바람이 기묘한 소리를 만들었고, 절벽 밑을 따라 거센 물줄기가 흐르는 듯했다. 하지만 계곡이 얼마나 깊은지는 쉽게 가늠이 되지 않았다.

다만 아득히 들려오는 물소리만이, 결코 만만한 높이가 아니라는 걸 알려줄 뿐이었다.

———◆———

제이콥은 자신에게 왜 이런 일이 일어나야 했는지 알 수 없었다. 창문 너머로 밝은 빛이 들어왔지만, 그의 마음에 있는 짙은 어둠을 몰아낼 수는 없었다. 새들이 지저귀는 소리마저 시끄럽게 느껴졌다.

제이콥은 하루 종일 방안에만 누워 있었다. 나무꾼이 약초 섞인 묽은 음식을 머리맡에 두었으나, 그는 입에 대지 않았다. 저녁이 되자 일을 끝내고 돌아온 나무꾼이 물었다.

"몸은 좀 어떤가?"

제이콥은 방 안으로 들어온 나무꾼을 못 본 체하며 등을 진 채로 되물었다.

"저를 왜 구해 주셨나요?"

"그게 무슨 말인가?"

"차라리 저를 죽게 내버려 두지 그러셨어요. 제 꼴을 보세요. 전 이제 끝났어요."

나무꾼은 잠시 그를 보고 있다가 창문 쪽으로 천천히 걸음을 옮겼다. 밖은 어느새 땅거미가 짙게 드리워져 있어, 어두운 저녁 하늘이 더욱 외롭고 쓸쓸해 보였다.

"확실히 그런 것 같군."

제이콥은 비로소 몸을 돌려 나무꾼을 쳐다보았다. 이번엔 나무꾼이 그를 보지 않은 채 말을 이었다.

"하지만 그건 어디까지나 오늘의 인생일 뿐이야."

"오늘의 인생이라니요?"

나무꾼은 창밖에 시선을 고정한 채 아무 대답이 없었다. 그러다 붉은 석양이 완전히 사라지는 걸 보고 나서야 다시 입을 열었다.

"자네는 아침에 눈을 뜬 자신의 모습을 살펴본 적 있나?"

딱히 대답을 바라고 물어본 것은 아니었는지, 그는 여전히 창문 너머를 응시하며 하던 말을 계속해 나갔다.

"재미있게도 우리 대부분은 몸을 웅크린 채 갓난아이의 모습을 하고 있다네. 어머니의 뱃속에서 막 나온 것처럼. 잠에서 깨면 엉금엉금 기다시피 자리에서 일어나, 딱딱한 음식 대신 우유나 수프를 마시고 아침을 맞이하지. 그러다 오후가 되면 하루 중 가장 바삐 움직이며 많은 일을 하고, 밤이 되면 힘없는 모습으로 돌아와 잠자리에 든다네. 마치 죽음을 맞이하듯이."

나무꾼은 그제야 고개를 돌려 자신을 보고 있는 제이콥과 시선을 맞췄다.

"신은 우리에게 매일 새로운 인생을 주고 있다네. 다만 우리가 알아차리지 못하고 어제와 같은 삶을 살아갈 뿐이지."

제이콥은 이야기를 가만히 듣고 있다가 다소 퉁명스럽게 대꾸했다.

"하지만 내일이 된다고 해서 제 팔이 다시 생기는 것도 아니잖아요."

나무꾼은 고개를 몇 차례 끄덕였다.

"자네 말이 맞아. 그러나 마음먹기에 따라서 내일은 오늘과 전혀 상관없는 새로운 삶이 펼쳐질 수도 있다네. 비록 오늘의 삶이 온통 안 좋은 일로 가득했고, 최악의 하루를 보냈다고 해도 말이야."

제이콥은 잠시 아무 말이 없었다.

"이런 저에게도 아직 가망이 있다고 말씀하고 싶으신 건가요?"

나무꾼이 조금 전보다 더 크게 고개를 끄덕거렸다. 꼭 자랑이라도 하듯 어깨까지 내려오는 풍성한 금발도 덩달아 찰랑였다.

"자네가 살아온 날보다 살아갈 날이 많다는 건 그만큼 더 많은 기회가 있다는 뜻이야. 설령 살아갈 날이 더 적다고 해도 아직 수많은 기회가 남아 있다는 것에는 변함이 없지. 자네는 하고 싶었던 일이나 되고 싶은 게 없었나?"

제이콥은 머뭇거리다가 마지못해 대답했다.

"최고의 기사가 되고 싶었어요."

"멋진 꿈이군."

"비웃지 않으시나요?"

"그게 비웃을 일은 아니니까."

제이콥은 나무꾼의 표정을 살폈지만, 그의 얼굴 어디에서도 웃음기는 보이지 않았다.

"아저씨가 두 번째예요. 그 말을 듣고도 비웃지 않은 사람은."

나무꾼은 보지 않아도 알 것 같다는 표정을 지었다.

"사람들은 자신이 하지 못 한 걸 남들도 못 할 거라고 생각한다네. 너무 마음에 담아두지 말게."

제이콥이 씁쓸하게 입을 열었다.

"저는 다른 사람이 저를 비웃어도 신경 쓰지 않았어요. 저를 유일하게 믿어 주는 사람이 있었고, 언제가 될지는 몰라도 꼭 되어 보일 생각이었으니까요. 하지만 결국 이런 모습이 되어 버렸네요."

말을 마친 제이콥은 길게 한숨을 내쉬었다. 나무꾼이 그가 누워 있는 침대 근처로 다가와 의자를 끌어다 앉았다.

"지금 자네가 누구인지, 어떤 모습인지는 전혀 중요한 게 아니야. 앞으로 자네가 누가 될 건지, 어떤 모습이 될 건지가 중요한 것이지. 비록 당장은 아무런 가능성이 보이지 않는다고 해도 말이야."

제이콥은 절벽의 너비와 깊이로 미루어봤을 때, 그곳을 넘어 갈 가능성은 조금도 없어 보였다.

"이제 어쩔 거야?"

제이콥이 다그치자 프랫은 들고 있던 지도를 펼치며 중얼거렸다.

"다리를 찾아야 해요."

"다리라고?"

"네."

프랫은 짧게 대답한 뒤에 지도를 양손에 꽉 쥐고 어디론가 걸어가기 시작했다. 중간에 지도를 잘못 봤는지, 다시 반대 방향으로 되돌아가기도 했다. 제이콥은 그런 프랫을 못 미덥게 보고 있다가 뒤늦게 그의 뒤를 쫓았다.

후두두둑.

조금만 지면이 약한 곳을 밟아도 돌무더기가 한 움큼씩 떨어져 내렸다. 몸이 흔들릴 정도의 강한 바람도 한차례 그들을 휩쓸고 지나갔다. 프랫을 앞세운 일행은 아슬아슬한 절벽 끝을 따라 한참이나 움직여야 했다.

"다들 발밑 조심해!"

제이콥은 잔뜩 긴장한 탓에 손바닥을 바지춤에 몇 번이고 문

질러 댔다. 하지만 여전히 손에 땀이 차올랐다. 이제 보니 다리
도 후들거리고 있었다. 제이콥은 체면이고 뭐고 이대로 주저앉
고 싶은 심정이었다.

프랫은 그러다 떨어지는 게 아닐까 싶을 정도로 지도만을 보
며 걸었고, 제이콥은 그런 프랫이 떨어져도 그냥 지나칠 만큼
바로 옆의 절벽만을 신경 쓰며 걸었다. 또 한 번 돌무더기가 절
벽 밑으로 굴러 내려갔다.

다행히 프랫이 절벽 밑으로 떨어지기 전에 그들은 목적지에
다다를 수 있었다. 하지만 목적지라고 해서 뭔가 대단한 게 있
는 건 아니었다. 여전히 절벽은 가팔랐고, 길은 어디에도 보이
지 않았다.

그저 오래된 낡은 다리 하나가 계곡 사이에 힘없이 걸려 있
을 뿐이었다.

12

"지금 여길 건너겠다는 거야?"

"네."

프랫이 얄미울 정도로 태연하게 대답했다. 제이콥은 다시 한 번 눈앞의 다리를 바라보았다. 나무로 만든 바닥 곳곳엔 커다란 구멍이 뚫려 있었고, 손잡이 역할을 하는 밧줄은 낡을 대로 낡아 있었다. 그것은 지금 당장 끊어져도 전혀 이상할 게 없어 보였다.

제이콥은 하도 어이가 없어서 웃음조차 나오지 않았다. 무심코 한숨을 크게 내쉬었다가 그 한숨으로 인해 다리가 무너지는 건 아닐까 걱정이 될 정도였다. 예전엔 어땠을지 몰라도, 지금은 사람이 지나다닐 만한 곳이 못 되었다. 날아가던 새들도 내려앉길 꺼릴 것 같았다.

제이콥은 어떻게든 침착한 모습을 보이려 했지만, 이미 표정 관리부터 제대로 되지 않고 있었다. 굳은 얼굴엔 오직 두려움만 가득했다. 주먹을 꽉 쥐었으나, 결국 마음속으로 약한 소리를 내뱉고야 말았다.

'정말 여기를 지나갈 수 있을까?'

———◆———

"할 수 있고말고!"

나무꾼이 제이콥의 성한 쪽 어깨를 손바닥으로 세게 내려치며 호탕하게 웃었다.

"자네가 잃어버린 것은 겨우 팔 한 짝일 뿐이야. 신이 그러라고 팔을 두 짝이나 주신 것 아닌가! 하하하."

제이콥은 자신의 아픔은 아랑곳하지 않고, 오히려 그걸 이용해 웃음거리로 삼는 나무꾼이 못마땅하게 느껴졌다.

"갓 불구가 된 사람이 듣기엔 참 재미없는 농담이네요."

제이콥이 썩 유쾌하지 않다는 표정을 짓자, 나무꾼도 웃음을 거두고 진지해졌다.

"농담이 아닐세. 자네는 우리 몸에 무엇이든 두 개씩 있는 이유가 뭐라고 생각하나? 그건 바로 자네처럼 하나를 잃어버리는 사람을 위한 신의 배려이자, 남는 것으로 다른 이를 도우라는 그분의 섭리가 아니겠나."

제이콥은 나무꾼의 말이 그다지 위로가 안 되었는지 여전히 시큰둥했다.

"하지만 하나인 것도 있잖아요."

"어떤 것 말인가?"

제이콥은 나무꾼이 말하는 와중에 뭔가 떠오른 게 있는 듯했다. 그는 하나뿐인 팔로 자신의 가슴을 가리켰다.

"심장이요."

나무꾼이 너털웃음을 터뜨렸다.

"자네는 모르고 있군."

"뭘 말이죠?"

"신은 심장 역시 두 개를 만들어 두었다네. 바로 육체의 심장과 영혼의 심장을 말이야. 영혼의 심장은 비록 눈에 보이지 않지만, 자신이 간절히 원하는 일을 할 때 그것을 뚜렷이 느낄 수 있지. 그곳에서 다른 것으로는 채울 수 없는 영혼의 기쁨이 흘러나오니까. 설령 다른 걸 잃어버렸다 해도 자네에게 영혼의 심장이 남아 있다면, 아직 가장 중요한 게 남아 있는 셈이지."

나무꾼은 의자에서 엉덩이를 떼고 일어나 제이콥 주위의 피 묻은 붕대들을 치워 주었다. 몇 번의 손질만으로 주변이 몰라보게 깨끗해졌다. 그는 가지고 온 나무 물통을 제이콥이 마시기 좋게 탁자 위에 올려놓은 뒤 방문을 나서며 말했다.

"일단 오늘은 푹 쉬고, 내일이라도 몸이 좀 움직일 만해지면 밖으로 나오게. 햇빛을 쐬면 마음을 좀 진정시키는 데 도움이 될 걸세."

———◆———

"진정하세요."

제이콥이 다리를 보며 굳은 얼굴로 불안해하자, 프랫이 그를 안심시켰다.

"지금 진정하게 생겼어? 저걸 어떻게 건너라는 거야? 밑으로 뛰어내리는 거랑 다를 게 없잖아."

"하지만 어쩔 수 없어요. 여기를 건너는 방법은 이것뿐이에 요."

———◆———

제이콥은 다른 방법이 없다고 생각했다. 날이 밝자 억지로 몸을 일으킨 뒤에, 그동안 손 데지 않았던 수프 그릇을 입으로 가져갔다. 그릇 안에는 고기 조각이 잘게 썰어져 있었고, 약초로 보이는 향기 나는 풀이 가루로 뿌려져 있었다. 고맙게도 따뜻하게 데워져 있기까지 했다.

제이콥은 방 한쪽에 개어져 있는 자신의 옷을 대충 걸쳐 입고는 천천히 집 밖으로 나갔다. 아직 몸이 완전히 회복되지 않아 중심을 잡기 어려웠고, 다리는 물에 젖은 솜처럼 무거웠다. 머리도 핑하고 돌았다.

탁, 탁.

오두막을 나오자 마당에서 장작을 패는 나무꾼의 모습이 보였다. 따로 하는 운동이 있는 건지 단순히 나무꾼이라고 하기에는 지나치게 몸이 좋았다. 자신도 키와 골격이 큰 편이었으나, 그에 비하면 왜소해 보일 지경이었다. 헐렁하게 걸친 셔츠 위로 몸의 굴곡이 그대로 드러나 있어 웃통을 벗은 거나 마찬가지였다.

제이콥은 곧장 나무꾼에게로 걸어가다가, 오두막과 연결된 헛간을 흘끔 쳐다보았다. 그리고 곧 시선을 빼앗겼다.

"음?"

무심결에 들여다본 헛간 안에는 일정한 크기로 잘린 나무판자들이 줄을 맞춰 차곡차곡 쌓여 있었다. 하지만 중요한 건 그게 아니었다. 제이콥은 그것들 사이에서 벽에 비스듬히 세워져 있는 큰 검을 발견했다.

"저 검은 뭐죠? 검도 다룰 줄 아시나요?"

나무꾼은 제이콥이 가리키는 곳을 확인하고는 손사래를 쳤다.

"그냥 내 몸을 지킬 수 있을 정도일세. 한때나마 기사였던 적이 있었거든."

그 말에 제이콥의 눈이 평소보다 몇 배는 더 크게 떠졌다.

"기사라고요? 기사라면 모두가 원하는 직업이잖아요? 왜 기사를 그만두고 이렇게 지내시는 거죠?"

나무꾼은 뭔가 피치 못할 사정이라도 있어 보였다. 마른 땀을 흘리며 입을 열었다 닫기를 반복하더니, 끝내 말을 얼버무렸다.

"그냥 좀 더 중요한 일을 하는 중이라고 해 두지."

제이콥은 자신이 그토록 되고 싶어 하던 기사가 되는 일보다 더 중요한 일이 있다는 사실에 다시 한번 놀랐다.

"대체 그게 뭔가요?"

나무꾼은 이번에도 무언가를 설명하려다가 곧 그만두었다. 말재주가 없는 건지, 말하기가 곤란한 건지 그는 괜스레 목덜미만 긁적거렸다. 결국 목에 빨갛게 손자국이 남고 나서야, 장작 패던 도끼를 내려놓았다.

"따라오게."

———◆———

"빨리 따라오지 않고 뭘 하는 거예요?"

어느새 다리를 건너고 있던 프랫이 멍하니 멈춰 서 있는 제이콥을 향해 소리쳤다. 제이콥은 인상을 구겼다.

"넌 대체 뭘 믿고 거길 지나가는 거야? 네놈 눈에는 이 다 무너져 가는 다리가 보이지 않아?"

"보여요."

천연덕스럽게 대답하는 프랫의 모습에 제이콥은 더욱 기가
찼다.

"네놈은 천사니까 거기서 떨어져도 멀쩡할지 몰라도, 나는
절대로 그렇지 않아. 시체라도 온전히 찾으면 다행이지. 그런
낡아빠진 다리를 건너가는 네 녀석이 이상한 거라고!"

"저도 날개를 잃어버린 이상 당신과 똑같은 인간일 뿐이에
요. 하지만 다른 게 있긴 하죠."

"또 말장난 칠 생각이라면 가만 안 두겠어."

프랫은 어깨를 으쓱해 보였다.

"당신은 이 오래된 다리와 다리 아래 펼쳐진 끝없는 낭떠러
지를 보지만, 저는 이것들을 보지 않아요. 제가 보는 건 바로 저
거예요."

프랫은 검지를 꼿꼿이 세웠다. 손가락이 향한 곳에는 짙은
안개 사이로 아름답게 빛나는 웅장한 신전이 세워져 있었다.
신전은 마치 그들을 인도하는 등대처럼 햇빛을 받아 앞을 환하
게 비추고 있었다. 낡은 다리 따윈 잠시 잊어버릴 정도로 눈이
부셨다.

제이콥은 유난히 신전에서 눈을 떼지 못하다가 나지막한 목
소리로 말했다.

"그것참 멋진 신전이군."

나무꾼이 제이콥을 데리고 간 곳은 숲 끝자락에 있는 절벽이었다. 그곳엔 누군가 다리를 만들다 만 듯한 나무판자와 밧줄들이 어지럽게 널려 있었다.

"저 절벽 너머가 보이나?"

제이콥은 나무꾼이 가리키는 곳을 쳐다보았다. 반대편 절벽에는 황량한 벌판이 있을 뿐, 그다지 눈에 띄는 것은 없었다.

"저기에 뭐가 있나요? 아무것도 안 보이는데요?"

그렇게 말하면서도 혹시라도 놓친 것이 있는지 싶어 끝까지 살펴보는 중이었다.

"아직은 아무것도 보이지 않겠지. 하지만 난 저곳에 크고 아름다운 신전을 지을 거라네."

"신전을요? 그걸 왜 저기에 지으려고 하는 거죠?"

제이콥의 얼굴은 어느새 나무꾼을 향해 있었다.

"그건 말이야, 앞으로 이곳을 넘어가려는 이에게 조금이라도 도움을 주고 싶어서네. 그래서 다리도 만드는 거고. 나는 사람들이 낭떠러지가 아닌 절벽 너머를 바라볼 수 있도록, 멀리서도 밝게 빛나는 신전을 지을 생각이야. 자네 생각은 어떤가?"

나무꾼이 잔뜩 기대에 찬 눈빛으로 물어오자, 제이콥은 그를 실망시키지 않기 위해 애써 놀라운 표정을 지어 보였다.

"그것참 멋지네요."

13

상앗빛 신전은 크고 아름다웠다. 어림잡아도 사람 키의 몇 배는 될 법한 길쭉한 돌기둥들이 좌우로 줄지어 세워져 있었고, 크기에 어울리지 않는 정교한 줄무늬가 기둥 전체를 감싸고 있었다. 신전이라기보다 하나의 예술품을 보는 듯했다.

벽면에는 천사가 나팔 부는 모습과 신들의 형상이 조각되어 있었는데, 보는 각도에 따라 조금씩 그 모습이 달라져 마치 살아 움직이는 것 같은 착각을 불러일으켰다. 그리고 흠 하나 없이 매끈하게 다듬어진 둥근 지붕이 신전 위에 얹혀 있었다.

누군가 천국에 있는 건물을 그대로 옮겨 놓았다고 해도 믿길 만한 모습이었다.

일행은 신전을 앞에 두고 저마다 감탄하기에 바빴다. 계곡을 건너온 직후라 다리를 후들거리던 폴도 노인이 해 주는 설명을 듣고는 그게 진짜냐며 몇 번이나 되물었다.

그들의 모습을 뿌듯하게 바라보던 프랫이 설명을 보태왔다.

"이곳에는 제 동료인 용기의 천사가 살고 있어요. 그는 여기서 오랫동안 용기의 보석을 지키고 있죠."

"너희 천사들은 참 할 일도 없나 보군. 겨우 이런 곳에서 보석이나 지키고 있는 걸 보면 말이야."

프랫은 제이콥의 비아냥거림이 이젠 익숙해졌는지, 그 말을 듣고도 인상 하나 찌푸리지 않았다.

"그렇지 않아요, 저희는 너무도 바쁜걸요. 천사는 항상 사람들의 말에 귀를 기울이고 있다가 그들이 말하는 것을 줘야만 해요. 불평하는 사람에게는 불평할 만한 것을 줘야 하고, 감사하는 사람에게는 감사할 만한 것을 나눠줘야 하죠. 그래서 한시도 한가할 겨를이 없어요."

프랫은 신이 나서 묻지도 않은 이야기까지 한참을 늘어놓았다. 그것 말고도 자기가 얼마나 많은 일을 담당했었는지, 그러면서도 실수 없이 처리하는 비결은 무엇이었는지를 구구절절 설명하느라 시간이 조금 지체되었다. 프랫의 입은 좀처럼 쉴 줄을 몰랐다.

제이콥은 한 손으로 귀를 후비적거리며 듣는 둥 마는 둥 했고, 노인과 폴은 신전을 조금 더 가까이서 살펴보느라 어느새 저만치 이동해 있었다. 프랫은 그들과 벌어진 거리를 따라잡기 위해 짧은 다리로 종종걸음을 쳐야 했다.

앞서가던 폴에게서 비명 같은 외침이 들려온 건 바로 그때였다.

"아얏!"

폴은 자신이 커다란 기둥과 부딪혔다고 생각했다. 분명 혹이 났을 거라 여기며 아픈 머리를 매만지고 있을 때, 갑자기 기둥이 말을 걸어왔다.

"여기엔 무슨 일이지?"

난데없이 들려온 소리에 놀란 폴은 등 뒤에 있는 노인을 돌아보았다.

"영감님, 이것 좀 보세요. 기둥이 말을 하고 있어요."

그러자 기둥이 대답했다.

"난 기둥이 아닐세. 난 이곳을 지키고 있는 용기의 천사라네."

폴은 그제야 자신이 부딪힌 것이 기둥이 아니라, 단단한 근육질의 몸이었다는 것을 깨달았다. 그리고 때마침 프랫과 제이콥이 도착했다.

"발라힘, 오랜만이야. 잘 지냈어?"

프랫이 양손을 교차하며 크게 휘저었다.

"브룬델 님 아니십니까, 이곳까지 어쩐 일이십니까?"

프랫을 알아본 용기의 천사도 반갑게 인사를 건넸다.

"당연히 용기의 보석을 찾으러 왔지. 루셈다 님을 뵈러 가는 길이거든."

"그러시군요. 잘 오셨습니다. 한데, 이들은 누굽니까?"

"아, 이들은 나와 함께 행복의 섬에 가고 있는 인간들이야. 어서 이들을 용기의 보석이 있는 곳으로 안내해 줘."

발라힘은 자신의 허리에도 오지 않는 프랫을 향해 공손하게 머리를 숙였다.

"알겠습니다. 하지만 아무리 브룬델 님이라 해도, 저는 이들이 용기의 보석을 가져가기 위한 자격을 갖추었는지 확인해 봐야 합니다. 이해해 주시겠습니까?"

"물론이야. 난 이곳에서 보고만 있을게."

프랫이 일행과 몇 발짝 떨어지며 거리를 두었다.

"감사합니다."

발라힘은 폴과 제이콥 그리고 할 노인에게로 시선을 옮겼다. 일행을 찬찬히 뜯어보던 그의 눈길이 폴의 유난히 불룩한 가슴팍에서 멈추었다.

"그건 꿈의 구슬인가?"

제이콥은 멍하니 서 있는 폴을 팔꿈치로 슬쩍 건드렸다. 그제야 폴도 이를 알아듣고 얼른 품속에서 구슬을 꺼내 보였다. 발라힘은 그것을 받아 이리저리 살펴보더니 표정 없는 얼굴로 폴을 불렀다.

"자네는 잠시 안으로 들어오게."

신전 내부는 외부와 다르게 무척이나 어두웠다. 물론 폴에게는 그런 게 전혀 문제 되지 않았지만, 빛 한 점 들어오지 않는 좁고 답답한 복도가 계속해서 이어졌다. 앞서 걷는 발라힘은 앞으로 얼마나 더 가야 한다거나, 지금 어디로 가는 중인지 아무런 설명도 해 주지 않았다. 심지어 폴이 잘 따라오고 있는지 확인하지도 않았다.

폴은 길을 잃지 않기 위해 발라힘의 옷자락을 꽉 붙잡았고, 발라힘은 그걸 아는지 모르는지 묵묵히 걷기만 했다. 어두운 희망의 신전에 용기의 천사와 그를 뒤따르는 폴의 발소리만 조용히 울려 퍼졌다.

그나마 널찍한 공간이 나타난 건 신전의 가장 깊숙한 곳에 다다르고 난 뒤였다. 천장과 맞닿은 기다란 문에는 고대 학자들도 이해하기 어려운 문자들이 적혀 있었고, 정교한 열쇠를 넣어야만 작동하는 열쇠 구멍이 있었다. 용기의 천사가 열쇠 꾸러미를 꺼내 들었다.

철컥.

거대한 문이 좌우로 갈라지듯 열렸다. 그들이 들어선 곳은 정사각형 모양의 네모반듯한 방이었다. 그리고 방을 홀로 차지하고 있는 건 쓸데없이 커다란 화로였다. 비어 있는 거나 다름없는 화로엔 입김만 훅 불어도 꺼질 것 같은 작은 불씨가 약하게 연기를 내고 있었다.

발라힘은 화로 앞에 멈춰 서더니 구슬을 화로의 불꽃에 가져다 댔다.

화르르.

그러자 마치 살아 있는 생명체라도 되는 양 작은 불꽃이 모닥불처럼 크게 불타오르기 시작했다. 발라힘은 활활 타오르는 불꽃을 보고 있다가 폴에게 다시 구슬을 되돌려 주었다.

"번거롭게 해서 미안하네. 그동안 가짜 구슬을 가지고 오는 자들이 있었기에 확인을 해야만 했네."

"가짜 구슬이라니요? 그런 것도 있나요?"

발라힘은 굵은 목소리만큼이나 굵은 목으로 고개를 끄덕였다.

"구슬이 진짜인 걸 보니 자네는 이것을 자아의 동굴에서 찾았겠지만, 간혹 다른 곳에서도 비슷한 모양의 구슬이 발견되곤 하네. 하지만 아무리 비슷하게 생긴 거라 해도, 이곳에 있는 '마음의 불꽃'에 가져와 보면 그게 진짜인지 아닌지 단번에 알 수 있지."

폴이 조심스럽게 질문을 던졌다.

"그럼 이제 용기의 보석을 얻을 수 있는 건가요?"

"아니, 아직 아닐세. 한 가지 더 확인해야 할 것이 남아 있네. 마지막으로, 자네가 보는 것을 말해줄 수 있겠나?"

폴은 그가 자신을 놀리고 있다고 생각했다.

"용기의 천사님, 저는 앞을 볼 수 없어요. 그런데 어떻게 보는 것을 말할 수 있겠어요?"

발라힘은 폴의 시무룩한 반응을 보더니 자신의 말을 바로잡

왔다.

"내 말에 오해가 있었나 보군. 내 말은 자네가 믿고 있는 것을 알려 달라는 걸세."

———◆———

"믿지 못하는 모양이군."

나무꾼은 억지웃음을 짓고 있는 제이콥을 떠보았다. 제이콥도 더는 자신의 속내를 숨기지 않았다.

"솔직히 저 절벽 너머에 어떻게 그런 큰 신전을 지을 수 있는지 저는 잘 모르겠어요. 아무리 둘러봐도 이곳 근처에는 신전을 지을 만한 재료도, 그걸 도울 만한 사람도 안 보이는데 말이죠. 게다가 당신은 나무꾼이잖아요."

나무꾼은 의외로 순순히 인정했다.

"자네 말 대로야. 하지만 나는 매일 이곳에 와서 저곳에 세워져 있을 크고 아름다운 신전을 본다네. 마치 손에 잡힐 듯이 말이야."

"그런다고 해서 달라질 게 있나요?"

"모든 게 달라지는 거지."

나무꾼의 목소리는 더없이 확신에 차 있었다.

"그 순간부터 나는 평범한 나무꾼이 아니라 위대한 건축가가 되는 거니까. 자네도 지금부터 최고의 기사가 되었다고 생각해 보게나. 멋진 갑옷을 입고 소중한 이들을 지켜 주는 모습을 매일 머릿속으로 그려 보는 거지."

하지만 돌아온 반응은 냉담하기 그지없었다.

"전 괜찮아요. 그런 게 저한테는 별로 도움이 될 것 같지 않네요."

제이콥이 시선을 피하며 더는 흥미를 보이지 않자, 나무꾼도 별수 없다고 여겼는지 더는 강요하지 않았다. 다만 오두막으로 돌아가는 내내, 그의 얼굴에는 아쉬움이 가득했다. 그러다 오두막에 거의 다다랐을 때쯤, 나무꾼이 다시 입을 열었다.

"그래도 나는 자네가 이것만은 알아 두었으면 좋겠군. 신은 인간이 상상과 현실을 구분할 수 없도록 만들어 놓았다는 것을 말이야. 아마도 참을성 없는 인간이 꿈을 이루기 위해 노력하다 지쳐서 포기하는 모습이 안쓰럽게 느껴졌던 모양이야. 그래서 꿈이 실제로 이루어지기 전이라도 생생하게 그 모습을 그릴 수만 있다면, 언제든 그것이 이루어진 것과 같은 기분을 느낄 수 있지. 그러니 자네도 꿈을 좇다가 힘이 들 때면 언제든 이 방법을 써 보게."

제이콥은 나무꾼의 말을 계속해서 거절하는 게 미안했는지 자신의 솔직한 심정을 털어 놓았다.

"하지만 저는 아직도 잘 모르겠어요. 왜 하필 저에게 이런 안 좋은 일이 일어났는지, 앞으로 어떻게 살아가야 하는 건지. 이런 몸으로 꿈의 근처에나 다가갈 수 있을까요? 아마 어림도 없는 일이겠죠. 괜한 생각으로 더 이상 힘들어지고 싶지 않아요."

제이콥이 길게 한숨을 내쉬었다. 뒤를 돌아 있었으나, 창문에 비친 그의 눈에는 이슬 같은 눈물이 맺혀 있었다. 나무꾼은 축 처져 있는 제이콥의 어깨를 두드렸다.

"이 세상에 이유 없는 아픔이나 고통은 없다네. 모두 나름의 필요와 쓸모를 가지고 찾아오는 법이지. 비록 지금은 그 어려움이 왜 찾아온 것인지 이해할 수 없다 해도 말이야."

———◆———

"죄송해요, 그게 무슨 말인지 잘 모르겠어요."

폴은 도무지 이해할 수 없다는 얼굴이었다.

"이 세상에는 두 가지 부류의 사람이 있다네."

발라힘은 여전히 크게 일렁이는 마음의 불꽃을 바라보았다. 불꽃은 화로를 집어삼킬 듯 크게 불타올랐다가, 다시 작게 사그라들길 반복하고 있었다. 그에 따라 폴의 그림자도 수시로 변했다.

"보이는 것만을 믿는 사람과, 믿는 것을 보는 사람이 그것이지. 자네가 정말 용기의 보석을 얻고 싶다면, 먼저 믿는 것을 보는 법부터 배워야 할 걸세."

"배워 보지 않겠나?"

나무꾼이 오두막 창고에 있던 낡은 검을 건네며 물었다.

"제가 이 검을 다룰 수 있을까요? 저에겐 너무 큰 것 같아요."

"최고의 기사가 되고자 하는 이에게 어울리는 검이지. 이 검을 쥐는 순간만큼은 진짜 기사가 되었다 생각하고, 앞날의 기쁨을 현재로 가져와 느껴 보게. 자네가 바라던 것들이 모두 이루어진 것처럼 말이야."

낡은 검은 오랫동안 사용을 안 했는지 먼지가 잔뜩 묻어 있었고, 군데군데 녹이 슬어 있었다. 하지만 잘 만들어진 칼임에는 틀림없었다. 손잡이엔 꽤나 고급스러운 복잡한 문양이 새겨져 있었고, 날도 조금만 벼리면 다시 예리함이 살아날 것 같았다. 검은 두 손으로 들어야 겨우 들릴 만큼 무거웠다.

"왜 자꾸 저에게 헛된 희망을 주시려는 거죠?"

나무꾼은 어금니가 보일 만큼 활짝 웃어 보였다.

"그야 헛된 희망은 가끔 기적을 일으키는 법이니까."

———◆———

"정말 기적이라는 게 일어날 수 있다면, 누군가 제 노래를 듣고 행복해졌으면 좋겠어요. 제가 꿈의 구슬을 건네받았을 때,

저도 모르게 머릿속에 그린 장면이 그런 거였거든요."

"좀 더 자세히 말해줄 수 있겠나?"

폴은 꿈의 구슬을 가슴에 가져다 댔다. 그러고는 틈날 때마다 혼자서 떠올려 본 장면을 그에게 말해 주었다.

"저는 아름다운 노래를 부르고 있어요. 사람들이 제 노래를 통해 상처받은 마음을 위로받고, 잃어버린 희망을 되찾았으면 하는 바람을 담아서요. 그런 모습을 상상하며 기쁘게 한 소절 한 소절을 이어가죠."

폴은 남에게 자신의 꿈을 털어놓는 게 처음이다 보니, 창피함에 고개가 점점 아래로 내려갔다. 다행히 발라힘의 비웃는 소리는 들리지 않았고, 폴은 조금 더 용기를 내어 말을 덧붙였다.

"제 주위에는 언젠가부터 사람들이 하나둘 모여들었어요. 그들은 점점 더 늘어나더니, 어느새 셀 수 없을 만큼 많아졌죠. 그중에는 제가 좋아하는 소녀도 저를 바라보고 있고요. 부끄럽지만, 지금 이게 제가 보고 있는 것들이에요."

폴이 이야기를 마치자 용기의 천사는 조용히 고개를 끄덕였다.

"이쪽으로 오게."

14

용기의 천사는 집채만 한 바위가 떡하니 자리를 차지한 곳으로 일행을 안내했다. 보석을 준다기에 화려한 보물창고라도 데려갈 줄 알았으나, 왜인지 농사나 짓기 딱 좋은 풀밭으로 와 버렸다. 주변엔 보석은커녕 예쁘게 생긴 조약돌조차 보이지 않았다.

"용기의 보석은 이곳에 있네."

발라힘이 바위 앞에 멈춰 서더니, 몸을 돌려 낮은 음성으로 말했다. 폴은 발라힘이 말한 곳으로 다가가 손을 뻗어 보았다. 곧장 닿는 게 있었으나, 기대했던 것과는 거리가 멀었다. 손에는 마치 벽처럼 느껴지는 단단한 바위만 만져질 뿐이었다.

"용기의 보석이 어디에 있다는 거죠?"

"지금 자네가 만지고 있는 것이 바로 용기의 바위라네. 용기의 보석은 그 바위 아래에 있네."

"그럼 용기의 보석은 어떻게 꺼내야 하죠?"

"이 바위를 옮겨야겠지."

폴의 당연한 질문에 발라힘도 당연하게 대답했다.

"그렇군요. 그러면 부탁드리겠습니다."

"그게 무슨 소린가?"

발라힘의 무표정한 얼굴이 더욱 딱딱하게 굳어졌다.

"난 이 바위를 옮길 수 없네. 내 역할은 어디까지나 이곳으로 안내해 주는 것뿐이야. 바위 아래에 있는 용기의 보석을 가져가는 건 오로지 자네들의 몫일세."

폴은 앞에 놓인 바위를 다시 한번 더듬어보았다. 바위는 양팔을 뻗어도 끝이 닿지 않을 만큼 크고 무거웠다. 그곳에 모인 일행 모두가 민다고 한들, 그것을 움직이기엔 어림도 없어 보였다.

"바위를 옮기는 것 말고 다른 방법은 없는 건가요?"

혹시나 하는 마음으로 물었지만, 되돌아온 것은 발라힘의 단호한 대답이었다.

"없네."

폴은 걱정스러운 말투로 노인을 찾았다.

"이제 어떡하죠, 영감님?"

하지만 노인이라고 딱히 방법이 있을 리 없었다. 노인도 답답한 마음으로 바위를 바라볼 뿐이었다. 누구 하나 나서지 못하고 아까운 시간만 흘렀다.

"아무래도 이제 어쩔 수 없는 것 같군."

제이콥의 목소리였다. 툭하면 불만 섞인 말을 내뱉던 그였으나, 이번엔 말에서 끝나지 않았다. 그는 일행에게 등을 보이며 미련 없이 자리를 떠나고 있었다. 여기까지 온 게 아깝지도 않은 모양이었다. 키가 크다 보니 몇 번 걷지도 않았는데, 벌써 풀밭을 벗어나고 있었다.

"어디 가는 거야!"

결국 지켜보던 프랫이 참지 못하고 나섰다. 그래도 제이콥이 걸음을 멈추지 않자, 프랫은 멀어져 가는 그를 향해 무슨 말인가를 크게 소리쳤다.

하지만 때마침 불어온 바람에 묻혀 프랫의 말은 그에게 들리지 않았다.

———◆———

"이대로 포기할 셈인가?"

"처음부터 무리였어요. 애초에 이렇게 큰 검은 저에게 어울리지 않았다고요."

제이콥은 풀밭에 엎드려 얼굴을 묻은 채로 대답했다. 나무꾼이 그에게 준 검은 저만치 떨어진 곳에서 혼자 나동그라져 있었다. 나무꾼은 그런 제이콥의 옆으로 오더니 엉덩이를 대고 아무렇게나 바닥에 앉았다. 나무꾼이 별다른 대꾸도 없이 자리만 차지하고 있자, 견디다 못한 제이콥이 다시 입을 열었다.

"어떻게 하면 저 검을 휘두르면서도 넘어지지 않을 수 있죠?"

나무꾼은 먼 하늘에서 눈을 떼지 않은 채로 그의 말을 받았다.

"넘어지지 않는 방법 따윈 없네. 단지 넘어졌을 때 땅바닥을 내려다볼지, 하늘을 올려다볼지만 결정할 수 있을 뿐이지. 인간은 두 발로 걷는 이상, 그리고 앞으로 나아가려고 하는 이상 누구나 넘어진다네. 넘어지지 않는 방법은 그 자리에 멈춰 서거나, 동물들처럼 네 발로 걷는 것뿐이야."

"차라리 동물로 태어났으면 좋을 뻔했네요."

제이콥의 푸념에 나무꾼은 조용히 미소 지었다.

"자네는 인간만 유독 두 발로 걷는 게 이상하다고 여겨본 적 없나?"

"갑자기 그게 무슨 말씀이죠?"

나무꾼은 고개가 아프지도 않은지 하늘만 계속 바라보았다. 나무꾼의 푸른 눈동자에 파란 하늘이 고스란히 담겼다.

"아마 너무 오래전이라 기억나지 않겠지만, 자네는 어릴 적 걷는 법을 배우기 위해 숱하게 넘어지고 주저앉아야만 했다네. 그런 후에야 지금처럼 두 발로 자유로이 움직일 수 있게 된 거지. 신은 어쩌면 인간에게 앞으로 살아가야 할 삶을 미리부터 알려 주고 싶었는지도 몰라."

나무꾼은 어느새 몸을 반쯤 일으킨 제이콥을 슬쩍 보고는 하던 말을 계속해 나갔다.

"중요한 건 얼마나 넘어지느냐가 아닐세. 어딜 향해 넘어지는가에 있지. 자네가 만약 꿈을 향해 매일 넘어질 수만 있다면, 시간이 얼마나 걸리든 간에 결국 그곳에 도착하지 않겠나. 인간으로 태어난 이상, 그리고 두 발로 걸어야 하는 운명을 타고난 이상, 우리는 넘어질 것을 알면서도 앞으로 나아가야만 한다네."

제이콥은 자신의 손바닥을 내려다보았다. 하루 종일 검을 휘두르느라 물집이 터져 굳은살이 박여 있었고, 하도 넘어지다 보니 무릎과 팔꿈치에 든 멍이 가실 날이 없었다. 꿈과 현실은 너무도 달랐다.

"자네가 여기서 포기한다면, 아마도 당장의 편안함은 얻을 수 있겠지. 뭐, 그것도 나쁠 건 없지만…."

나무꾼은 깍지 낀 손을 뒤통수에 대더니 그대로 벌렁 드러누웠다.

"편안함은 이내 권태와 지루함으로 변해 버리고 말걸세. 반면에 앞으로 나아가고자 한다면, 자네는 계속해서 넘어질 테고 고통스러운 순간이 찾아오겠지. 하지만 그 시간들 너머에는 자네가 아직 만나보지 못한 새로운 세상과, 또 다른 기회들이 자네를 기다리고 있다네."

나무꾼은 아예 낮잠이라도 자려는 듯 눈을 감아 버렸다. 목소리는 졸음에 못 이겨 작고 낮았으나, 제이콥에게는 또렷이 들렸다.

"넘어지는 게 두려워 이대로 포기할 건지, 넘어지더라도 앞으로 나아갈 건지는 오로지 자네의 몫일세. 자네는 어떤 걸 선택하겠나?"

———◆·◆———

"이게 좋겠군."

제이콥은 근처에서 적당한 크기의 나뭇잎들을 따다가 한 손에 움켜쥐었다. 이 정도면 제아무리 거친 바위라 해도 손이 상하지 않을 것 같았다. 제이콥은 일행이 있던 바위로 다시 걸음을 옮겼고, 그가 돌아오는 모습을 본 프랫이 투정 부리듯 목소리를 높였다.

"걱정했잖아!"

하지만 제이콥은 프랫의 말은 들은 척도 하지 않았다. 아예 그를 없는 사람 취급하며 자신을 담담하게 바라보고 있는 용기의 천사를 향해 물었다.

"이봐, 당신 확실히 천사가 맞는 거지?"

발라힘이 말없이 고개를 끄덕이자, 제이콥은 그를 지나쳐 바위 앞으로 다가섰다. 그런 다음 가지고 온 나뭇잎을 손바닥에 얹고 바위에 가져다 댔다.

"뭘 하려는 겐가? 설마….."

노인의 말이 채 끝나기도 전에 제이콥은 있는 힘을 다해 바위를 밀기 시작했다. 누구도 예상치 못한 일이었다.

그리고 놀라운 일이 일어났다. 꿈쩍도 하지 않을 것 같던 거대한 바위가 조금씩 움직이기 시작한 것이다. 바위가 움직이는 소리를 들은 폴이 노인을 불렀다.

"혹시 바위가 정말 움직이고 있나요?"

"그래…. 어떻게 이런 일이….."

노인의 들뜬 목소리에 폴도 덩달아 흥분했다.

"대체 얼마나 힘이 세길래 저 바위를 옮길 수 있는 거죠?"

"글쎄다, 그건 잘 모르겠구나. 그는 지금 혼자서 바위를 밀고 있는 게 아니니까."

"네? 그게 무슨 말씀이세요?"

"용기의 천사가 그를 돕고 있단다."

"뭐라고요?"

믿을 수 없는 광경에 폴과 노인은 좀처럼 벌린 입을 다물지 못했다. 하지만 어찌 된 영문인지 정작 바위를 밀고 있는 제이콥은 그다지 놀라는 것 같지 않았다.

"이거 놀라운걸."

나무꾼은 하루가 다르게 실력이 느는 제이콥의 모습을 보며 짧게 휘파람을 불었다.

"자네도 이제 제법 기사 티가 나는군."

"그런 말씀 마세요. 이제 겨우 검이나 휘두를 수 있을 뿐인데요."

나무꾼은 제이콥이 민망해하는 것도 개의치 않고 계속해서 그를 추켜세웠다.

"그렇지 않아, 자네는 지금껏 내가 본 사람 중 가장 열심이었네."

"지금으로선 딱히 다른 방법이 없으니까요. 하지만 제가 아무리 열심히 한다고 해도, 남들보다 잘할 수 있을 것 같진 않아요."

나무꾼은 등을 기대고 있던 나무에서 몸을 떼고 제이콥에게 천천히 다가왔다.

"인생의 목적은 남들보다 나아지는 데 있지 않네. 단지 어제의 자신보다 나아지는 데 있을 뿐이지. 자네가 생각하는 최고의 기사가 뭔지는 모르겠지만, 내가 생각하는 최고의 기사란 가장 힘이 세거나, 가장 검을 잘 다루는 사람이 아닐세."

제이콥은 망치로 한 대 얻어맞은 듯한 얼굴을 하고 나무꾼을 쳐다보았다. 나무꾼은 그런 시선을 즐기기라도 하듯 딴청을 부려가며 느긋하게 말했다.

"그건 바로…."

제이콥은 최고의 기사가 되기 위해선 뛰어난 기술을 배우거나, 좋은 무기가 있어야 한다고 생각했다. 아니면 특별한 재능을 타고나거나. 하지만 나무꾼의 대답은 모두 빗나갔다.

"어떠한 환경에서도 성장을 멈추지 않는 사람이라네. 이런 이들은 처음엔 보잘것없어 보여도, 언젠간 기어이 목표와 꿈을 이뤄내고 마니까. 자네도 한번 도전해 볼 텐가?"

제이콥은 검을 잠시 세워 두고 근처에 있던 나무 밑동에 걸터앉았다. 털썩 주저앉는 바람에 머리끝에 매달려 있던 땀방울이 잔디밭에 후드득 떨어졌다.

"사실대로 말할게요. 전 요즘 꼭 기사가 되기 위해 검을 휘두르는 게 아니에요. 한 팔만으로 기사가 된다고 하면, 모두가 비웃을 일이죠. 전 그저 불가능해 보이는 일에 최선을 다했을 때, 어떤 일이 일어나는지 궁금할 뿐이에요."

나무꾼도 넓적한 바위를 찾아 손으로 바닥을 쓸어 냈다. 그는 한결 깨끗해진 바위에 앉으며 손바닥에 묻은 흙과 먼지를 털어 냈다.

"어쩌면 그거야말로 진짜 용기라고 할 수 있겠지. 남들이 할 수 없다고 생각하는 일을 하는 순간부터, 수없이 많은 조롱과 무시를 견뎌내야 할 테니까."

바람이 한차례 불어와 제이콥과 나무꾼 사이를 지나며 땀을
식혀 주었다. 나무꾼의 금발이 보기 좋게 흔들렸다.

"사람들은 위대한 일을 할 수 있는 건 오직 위대한 사람뿐이
라고 말하지만, 사실 그건 도전하는 사람을 비웃기 위한 말에
불과해. 이 세상에 위대한 사람 같은 건 없네. 오직 위대한 꿈을
가진 사람만 있을 뿐이지."

나무꾼은 햇살을 가득 담은 바람을 느끼고 있다가 갑자기 떠
오른 생각이 있었는지, 손가락을 튕기며 몇 마디를 덧붙였다.

"그리고 내가 태어난 곳에는 이런 말이 있네."

"무슨 말이요?"

제이콥이 한 손으로 땀을 닦으며 물었다.

"무언가를 하려고 할 때야 비로소 천사가 돕는다. 기다리면
방관하고, 의심하면 도망간다. 재미있는 말이니 기억해 두라
고."

———◆———

"기억해 두길 잘했군."

제이콥이 느닷없이 혼잣말을 했다.

"뭐가요?"

프랫이 그 말을 주워듣고 물어 왔지만, 제이콥은 별거 아니
라는 듯 넘겨 버렸다.

"아무것도 아니야. 그저 오래전 이야기가 생각났을 뿐이니까."

프랫과 제이콥이 싱거운 대화를 주고받는 사이, 그들 앞에는 어느새 용기의 천사가 다가와 있었다. 발라힘은 바위 밑에서 꺼낸 보석을 앞으로 내밀었다. 보석은 커다란 바위 밑에 오랜 시간 깔려 있었음에도 흠집 하나 보이지 않았다.

"내가 처음 이곳에 바위를 지키기 위해 왔을 때, 나는 이 바위를 움직여 보려고 했었네. 하지만 바위는 들썩거리기만 할 뿐, 조금도 밀려나지 않았지. 나는 바위의 무게가 내 힘과 같다는 걸 알게 되었고, 그때부터 계속 기다리고 있었다네. 이 바위에 작은 힘이나마 보태줄 사람을 말이야."

줄곧 높낮이 없던 그의 말투에 처음으로 안타까움이 묻어났다.

"하지만 인간은 바위의 크기만을 보고 실망한 채로 다시 발길을 돌리곤 했지. 나는 언제든 도울 준비가 되어 있었는데…."

발라힘은 먼 산을 바라보며 작게 읊조렸다.

"정말 오랜 시간이 걸렸어. 하지만 행복의 여신님이 흡족해하시겠군. 나는 어쩌면 이 말을 하고 싶어서 지금껏 이곳을 지키고 있었는지도 몰라."

발라힘의 목소리가 더욱 작아져서, 이제는 바로 옆에서도 알아듣기 힘들었다.

"할 수 있다고 믿는 이에게는 언제나 놀라운 일이 기다리고 있다는 걸."

그는 프랫에게로 시선을 돌렸다.

"루셈다 님이 계신 곳까지 무사히 다녀오시길 바랍니다. 나중에라도 이들과 함께한 여행이 어땠는지 한번 들어 보고 싶군요."

프랫도 잔뜩 아쉬워했다.

"응, 그럴게. 마음 같아선 지금 당장이라도 그동안 있었던 일을 말해 주고 싶지만, 아직은 가야 할 길이 멀거든. 그곳에 다녀와서 오늘 못다 한 이야기를 들려줄게. 그때까지 잘 지내고 있어, 발라힘."

발라힘은 예의를 갖춰 허리를 숙였다.

"신께서 함께하시길."

발라힘과의 짧은 만남은 그렇게 끝이 났다. 발라힘은 손가락 끝으로 바위 뒤에 숨겨져 있던 길을 가리킬 뿐, 자리에서 움직이지 않았다. 아직 이곳에서 해야 할 일이 남아 있는 모양이었다. 일행은 저마다 각자의 방식으로 발라힘에게 인사를 하고는 갈대숲 사이로 나 있는 작은 길로 들어섰다. 그들의 움직임에 따라 갈대숲도 춤을 추듯 흔들렸다.

프랫은 석상처럼 제자리에 서 있는 발라힘을 몇 번이고 돌아보았다. 여전히 얼굴에서는 어떠한 표정도 보이지 않았지만, 프랫은 그의 눈빛이 말하는 바를 읽을 수 있었다. 자신과 일행의 모험을 진정으로 응원하고 있음을.

'고마워 발라힘, 또 볼 수 있을 거야.'

프랫은 속마음으로 들리지 않는 인사를 전하며, 일행과 함께 바위가 가로막고 있던 길로 걸음을 옮겼다.

발라힘의 넓은 등 너머로 그들의 모습이 점점 멀어져 갔다.

15

꿈의 구슬과 용기의 보석을 얻은 일행은 금방이라도 행복의 섬에 도착할 것만 같았다. 발걸음은 어느 때보다 가벼웠고, 폴은 콧노래를 흥얼거리기까지 했다. 노인도 간혹 추임새를 넣거나, 폴의 어깨를 두드리며 박자를 맞췄다.

하지만 그들의 그런 기분은 오래가지 않았다. 어느 순간부터 좀처럼 걸음을 떼기가 쉽지 않아졌기 때문이다.

"이거 왜 이래?"

제이콥이 자꾸만 땅속으로 빠지는 자기 발을 보며 툴툴거렸다. 바닥은 온통 진흙투성이였고, 물과 풀이 뒤섞여 짙은 녹색 빛을 띠고 있었다. 주위엔 앙상하게 가지를 드러낸 썩은 나무들이 넘쳐 났다. 폴도 노래를 그쳤고, 노인은 프랫에게서 지도를 넘겨받아 흐릿한 눈으로 지도를 살폈다.

"지도를 보아하니 이곳은 '좌절의 늪'이라는 곳인 모양이네. 아무래도 앞으로 나아가기 쉽지 않아 보이는군."

노인이 몹시 걱정스러운 얼굴로 말했다.

———— ·◆· ————

"걱정하지 마세요. 꼭 기사가 되어 돌아올 테니까요."

제이콥은 방황의 성으로 떠날 채비를 모두 마치고, 자신을 배웅하고 있는 나무꾼을 바라보았다. 비록 길지 않은 시간이었지만, 그새 정이 들었는지 나무꾼의 얼굴에는 아쉬움이 잔뜩 묻어 있었다.

"이걸 받게."

나무꾼은 미리 준비한 커다란 자루를 제이콥에게 넘겨주었다.

"이게 뭐죠?"

"인내의 열매라고 하는 걸세."

자루를 받아 든 제이콥은 끈을 풀고 속을 들여다보았다. 자루 안에는 녹색 빛 작은 열매가 수북이 쌓여 있었다.

"가는 길에 간식으로 먹기 좋겠네요, 잘 먹을게요."

"보기엔 그리 보여도, 그거 한두 개면 여러 날은 먹지 않아도 배고픔을 느끼지 못할 걸세."

"이 쪼그마한 게요?"

제이콥은 눈을 크게 뜨고 열매를 이리저리 살펴보았다.

"그런데 이걸 왜 이렇게 많이 주시는 거죠?"

"뭐, 사람 일이란 모르는 거니까."

나무꾼은 늘 그랬듯 사람 좋은 미소를 지어 보였다. 제이콥은 고맙다는 말 대신 가볍게 그를 끌어안았고, 나무꾼도 제이콥의 등을 몇 차례 두들겨 주었다.

둘은 포옹을 풀고 서로를 바라보았다. 제이콥은 뒷걸음질 치며 열매 자루를 들어 보이다가 눈물이 차오르자 얼른 몸을 돌렸다.

그것이 그들의 마지막 인사였다.

나무꾼은 제이콥이 완전히 보이지 않게 될 때까지 한참이나 그의 사라져 가는 뒷모습을 지켜보았다.

제이콥이 도착한 방황의 성은 말로만 듣던 것보다 훨씬 더 큰 성이었다. 자신의 마을 몇 개를 합쳐도 이 성보다는 작을 듯했다. 높은 성벽과 우뚝 솟아 있는 지붕들을 두리번거리며 쳐다보던 제이콥은 갑자기 한 곳에서 시선을 멈추었다.

방황의 성 기사단

그는 높이 솟은 깃발이 나부끼고 있는 커다란 막사 안으로 걸음을 옮겼다.

"여긴 무슨 일이지?"

제이콥이 인기척을 내자, 입구 맞은편에 있던 책상에서 살짝 의자 끄는 소리와 함께 날카로운 목소리가 들려왔다. 책상 위에는 '교관'이라고 적힌 잘 닦인 명패가 장식용 촛대 옆에 놓여 있었다. 제이콥은 최대한 정중하게 대답했다.

"기사단에 들어오고 싶어서 찾아왔습니다."

눈이 째진 사내는 제이콥을 뚫어져라 쳐다보더니 앉아 있던 몸을 천천히 일으켰다. 잘 빗어 넘긴 머리는 한 가닥도 흐트러지지 않았고, 빳빳하게 다림질된 옷은 한 올도 구겨짐이 없었다. 그것만 봐도 그의 평소 성격을 짐작할 수 있었다.

"기사단에 들어오고 싶다고?"

"네."

"우리 기사단에 대해서는 얼마나 알고 있나?"

제이콥은 어떻게 말해야 할지 잠시 고민했다.

"거리에서 아무나 붙잡고 물어도 다 알 만큼 유명한 기사단이죠. 어린아이들의 꿈과 동경의 대상이고, 여자들은 신랑감으로 꼽길 주저하지 않죠. 남자라면 누구나 방황의 성 기사가 되고 싶어 하고요."

교관은 제이콥의 말이 마음에 들었는지 어깨에 잔뜩 힘을 주었다. 가슴에는 훈장이 잔뜩 매달려 있어 평상시엔 허리를 제대로 펴기도 힘들어 보였다.

"저기 저 문양이 보이나?"

교관은 조금 전까지 자신이 앉아 있던 책상 뒤쪽을 가리켰다. 벽면에는 자색 천에 황금색 실로 정교하게 수 놓인 문양이 보란 듯이 걸려 있었다. 그것은 막사에 들어서면서 보았던 깃발의 문양과 같은 것이었다. 문양에는 거대한 검과 더불어 커다란 날개가 배경에 그려져 있었다.

"우리 방황의 성 기사단은 신을 모셨다고 하는 '천상의 기사'를 기리기 위해 만들어진 기사단일세. 그분은 검 한 자루로 산을 가르고 바위를 쪼갰다고 하더군. 그런 만큼 우리 기사단에 들어오려면 그에 걸맞은 실력을 갖추지 않으면 안 되네."

교관은 길쭉한 얼굴과 조금도 어울리지 않게 기른 콧수염을 만지작거렸다.

"그럼, 어디 한번 자네 실력을 좀 보여 주겠나?"

제이콥은 살짝 긴장되었지만, 마음을 차분히 가라앉히고 나무꾼에게 배운 대로 검을 휘두르기 시작했다.

"흠…."

하지만 얼마 가지 않아 교관의 이마가 찌푸려졌다.

"내가 보기에 자네는 검에 소질이 없어 보이는군. 솔직히 말해서 아주 형편없어. 기본도 모르고 있는 것 같고 말이지. 무턱대고 휘두른다고 다 검술이 아닐세. 그 검도 자네에게 너무 큰 것 같군."

교관은 제이콥의 단점을 일일이 지적하다가, 망토 사이로 가려져 있던 나풀거리는 옷자락을 보았다. 교관은 그제야 왜 이 남자가 한쪽 팔로 엉성하게 검을 휘둘렀는지 알아챘다.

"그리고… 이런 말을 해서 미안하지만, 이곳은 두 팔을 가진 사람들조차 들어오기 어려운 곳이야. 그만큼 실력 있는 인재들이 넘쳐 나는 곳이지. 자네가 두 팔이 멀쩡한 사람보다 특별히 뛰어날 게 없다면, 우리로서는 자네를 받아들여야 할 이유가 없네. 미안하게 됐군."

말을 마친 교관은 다시 원래 있던 자리로 돌아가 서류뭉치를 뒤적거리기 시작했다. 누가 봐도 어서 나갔으면 하는 노골적인 태도였다.

'한 번 더 기회를 달라고 할까? 아니면 청소부나 마구간지기로라도 받아 달라고 해 볼까? 지금 당장 기사단 내 아무와 일대일 대결을 하겠다고 하는 건?'

하지만 제이콥은 그 중 어느 말도 하지 못했다. 쉽게 발이 떨어지지 않았지만, 아예 시선조차 주지 않는 교관을 보며 미련을 가진 채 뒤돌아 나올 수밖에 없었다.

막사를 나서는 발걸음이 유난히 무겁게 느껴졌다.

———— ◆ ————

"발이 무거울 땐 어떻게 해야 하는지 알고 있나?"

늪을 건너느라 허우적거리고 있는 제이콥을 보며 노인이 물었다.

"그게 무슨 소리야?"

앞서 걷고 있던 제이콥은 노인을 보기 위해 뒤를 돌아다보았다. 하지만 노인보다 그를 업고 있는 폴이 먼저 눈에 들어왔다. 폴은 지팡이 대신 어디서 주었는지 모를 기다란 막대기를 양손에 쥐고, 그것으로 늪 바닥을 디디며 나아가고 있었다.

"그건 바로 자네가 의지할 만한 걸 찾는 걸세."

노인이 뒤늦게 대답했고, 그의 시선은 제이콥이 등 뒤에 메고 있는 커다란 검에 꽂혀 있었다.

———◆———

"자네는 이 검이 이렇게 큰 이유가 궁금하지 않나?"

나무꾼의 질문에 제이콥은 왜 뻔한 걸 묻느냐는 얼굴로 대꾸했다.

"당신은 힘이 세니까 당연히 큰 검이 필요했겠죠."

나무꾼은 뭐가 그리 웃긴 지 껄껄대며 웃었다.

"그게 아닐세. 혹시 자네가 알고 있는지 모르겠군. 사람은 나이만큼 성장하는 게 아니라, 꿈의 크기만큼 성장한다는 걸 말이야. 그런 의미에서 난 이 검을 '꿈의 검'이라고 부른다네. 어떤가, 마음에 드나?"

"나쁘지 않군."

제이콥은 노인이 알려준 대로 땅에 검을 디딘 채 나아가자, 확실히 그냥 걷는 것보다 훨씬 힘이 덜 들어가는 게 느껴졌다. 진작 이 생각을 하지 못한 게 아쉬웠지만, 지금이라도 알게 된 걸 다행으로 여기기로 했다. 벌써 늪이 발목뿐만 아니라 무릎 아래를 삼키고 있었기 때문이다.

늪은 끈질기게 그의 다리를 붙잡았고, 제이콥은 그럴수록 검을 움켜쥔 손에 더욱 힘을 주었다. 비록 기어가는 것과 다를 바 없는 느리고 답답한 걸음이었지만, 제이콥은 서두르지 않기로 했다.

'멀리 보지 말고, 당장의 한 걸음만 생각하는 거야.'

늪이 깊어질수록 점점 불안한 생각이 밀려왔다. 앞으로 얼마나 더 가야 할지, 얼마나 더 깊어질지 알지 못해 두려움이 수시로 찾아왔다. 어쩌면 이대로 끝인 것도 같았다. 제이콥은 한 걸음만 생각하자는 말을 주문처럼 되뇌었다.

그의 주문이 통했던 것일까. 오래되고 녹슨 검일지언정 그것에 의지해 조금씩 나아가다 보니, 끝날 것 같지 않았던 늪이 어느새 메마른 땅으로 변해가고 있었다. 한때는 가슴까지 차올랐던 늪이 허벅지 아래로 내려가자, 숨쉬기와 걷기가 한결 수월해졌다.

그리고 시간이 조금 더 흐르자, 늪 너머로 익숙한 풍광의 마을이 나타났다.

제이콥은 검을 바닥에 꽂고 잠시 자리에 멈춰 섰다. 단지 힘들어서가 아니었다.

그곳은 그가 태어나고 자란 마을이었다.

16

마을 입구에 들어선 일행은 쉽게 안으로 발을 들여놓지 못했다. 과거에 큰 전쟁이라도 겪었는지 마을 곳곳이 무너져 내려 있었고, 따로 보수나 뒤처리를 하지 않은 탓에 건물의 잔해가 보기 흉하게 방치되어 있었다.

날씨가 흐렸던 탓도 있겠지만, 마을은 온통 잿빛이었다. 잘 닦인 도로와 질서 있게 지어진 집들만 보면 한때는 꽤나 번성했을 것 같았으나, 지금은 되려 그런 것들이 더욱 황폐한 모습으로 비춰지고 있었다. 어디에도 마을 주민의 모습은 보이지 않았다.

거리는 휑하니 비어 있었고, 반쯤 열린 창문들이 듣기 싫은

쇳소리를 내며 바람을 따라 열렸다 닫히기를 반복했다. 그곳은 보는 사람으로 하여금 절로 유령이 사는 동네를 떠오르게 했다.

오직 제이콥만 그런 마을을 추억 어린 눈길로 바라보고 있었다. 프랫이 그의 시선을 쫓아가자, 그곳엔 유독 눈에 띄는 빨간 지붕의 건물이 있었다.

"저곳이 당신이 살던 집인가요?"

제이콥은 긍정도 부정도 하지 않았다. 하지만 얼굴에 그리움이 가득한 걸로 봐서, 적어도 그와 관련된 곳이 맞기는 한 것 같았다.

"정말 오랜만이군. 너무 오래돼서 없어졌을 줄 알았는데…."

제이콥은 멀찍이서 그곳을 지켜보다가 일행을 향해 무뚝뚝하게 말했다.

"너희는 잠시 이곳에 있어. 나 혼자 다녀오지."

———— ◆ ————

"다녀왔습니다!"

아이는 집에 돌아오기가 무섭게 커다란 장난감 칼을 집어 들고 한껏 폼을 잡으며 휘둘러댔다. 하지만 그것만으론 성에 차지 않았는지 곧 집 밖으로 뛰어나가 튼튼한 나무들을 찾아 돌아다니기 시작했다.

"이얍!"

아이는 나무가 살아 있는 괴물이라도 되는 양 요리조리 피하기도 하고, 입으로는 칼 부딪히는 소리를 내며 그것들과 대결 아닌 대결을 펼쳤다. 그 요란한 모습에 사람들이 가던 길을 멈추고 아이를 구경했다.

처음엔 한둘뿐이었으나, 점점 늘어나더니 곧 무리를 이루었다. 차림새도 천차만별이었다. 장난감을 한 보따리 짊어진 장사꾼도 있었고, 생선을 줄에 묶어 들고 가던 늙은 아낙도 있었다. 그중 턱살이 여러 겹으로 접힌 뚱뚱한 남자가 물었다.

"이봐 꼬마야, 거기서 대체 뭘 하는 거냐?"

아이는 이마에 송골송골 맺혀 있는 땀방울을 손등으로 훔쳤다. 얼마나 집중하고 있었던지, 사람들이 그를 둘러싼 것도 이제야 눈치챈 모양이었다. 아이는 순진한 얼굴로 코를 한 번 훌쩍였다. 그러자 누런 콧물이 입술까지 내려왔다가, 도로 쏙 하고 들어가 버렸다.

"저는 나중에 커서 멋진 기사가 될 거예요! 그래서 지금 연습을 하는 중이에요."

구경꾼들은 여기저기서 웃음을 터뜨렸다.

"꼬마야, 기사는 아무나 되는 게 아니란다. 그리고 너는 네 몸보다 큰 칼을 휘두르는 모습이 얼마나 우스꽝스러운지 잘 모르는 것 같구나. 그런다고 진짜 기사가 될 수 있을 것 같으냐?"

뚱뚱한 남자가 먼저 물꼬를 트자, 다들 한마디씩 참견을 해

오는 바람에 주변은 금세 시끌시끌해졌다. 앞에 있던 장사꾼도 박장대소했다.

"지금이라도 그런 건 내려 두고 다른 장난감을 찾아봐라. 어디 보자, 너한텐 인형 놀이가 딱 맞겠구나."

장사꾼은 보따리에서 인심 좋게 목각 인형을 하나 꺼내 던져 주었다. 하지만 팔 한쪽이 없었다. 아마도 중간에 부러졌거나 잘못 만들어진 불량품이다 보니, 팔리지 않아 다시 가져가던 참인 듯했다. 늙은 아낙도 뒷짐을 진 채 혀를 찼다.

"얘야, 괜히 다치지 말고 어서 얌전히 들어가거라."

그들은 그렇게 한바탕 아이를 비웃고는 각자의 길로 흩어져 버렸다. 사람들이 떠난 자리엔 아이만 혼자 남아 고개를 떨군 채 가만히 서 있었다. 그렇게 열심히 휘두르던 칼은 오른손에 힘없이 들려 있었고, 그마저도 곧 떨어뜨리고 말았다.

아이는 발길을 돌려 집으로 향했다.

"무슨 일이라도 있었니?"

평소답지 않은 아이의 모습에 엄마는 설거지를 하다 말고 뒤를 돌아보았다. 다른 때 같았으면 화병이라도 하나 깨고 진작 사고를 쳐야 했는데, 오늘은 웬일로 얌전했다. 물먹은 종이처럼 온몸에 힘이 하나도 없어 보였다.

"엄마, 사람들이 제가 가진 칼이 너무 크다고 놀렸어요. 저는 기사가 되고 싶을 뿐인데 말이죠. 전 정말 기사가 될 수 없는 건가요?"

밖을 쏘다니느라 엉망이 되어 버린 아이의 얼굴을 엄마는 앞치마 쥔 손으로 닦아 주었다. 누런 콧물 자국이 사라진 것뿐인데, 다른 사람이 된 듯 깔끔해졌다.

"또 사람들이 다 보는 데서 칼을 휘둘렀나 보구나? 제이콥, 다들 네가 걱정돼서 그러는 거야. 사람들이 널 놀린다면, 좀 더 작은 칼을 가지고 다니면 어떨까? 아무래도 저 칼은 너에게 너무 큰 것 같구나."

아이의 슬픈 얼굴을 보고 엄마도 아이만큼이나 슬픈 얼굴이되었다.

"그리고 듣자 하니 기사가 되는 건 무척이나 어렵다고 하던데… 차라리 자경단에 들어가는 게 어떻겠니? 지금부터 열심히하면 기사단은 몰라도, 자경단에는 들어갈 수 있을 거야. 사람들이 너를 놀리지도 않을 테고 말이지."

아이는 글썽이는 눈망울로 엄마를 올려다보았다.

"정말 그럴까요?"

"그럼, 사람들은 자기와 다른 사람을 별로 좋아하지 않는단다. 그러니 너도 평범하게 행동하고 살아간다면, 사람들과 잘어울려 지낼 수 있을 거야."

그가 마주한 건물은 다른 집과는 어울리지 않을 정도로 깨끗한 외관을 유지하고 있었다. 제이콥은 잠시 옛 생각에 잠겨 있다가 고개를 휘젓고는 집 앞으로 다가가 문에 손을 올렸다. 별로 힘을 주지도 않았는데, 문이 안쪽으로 부드럽게 열렸다.

제이콥은 천천히 발을 들여놓았다. 얼마 없던 가구들이며 추억이 담긴 물건들까지, 집 안은 어느 것 하나 변한 게 없는 듯했다. 다만 먼지가 쌓여 있지 않은 것이 그를 의아하게 했다. 누군가의 손길이 닿은 게 틀림없어 보였다.

"대체 누가 이런 일을⋯."

바로 그때였다. 대답이라도 하듯 어디선가 콜록거리는 기침소리가 들려왔다. 제이콥은 너무 놀라 내딛던 한쪽 발을 미처 내리지도 못하고, 그대로 멈출 수밖에 없었다. 기침이 멎고 나서야 그의 올라갔던 다리도 다시 바닥에 닿았다.

땀 한줄기가 이마에서 눈썹 끝으로 흘러내렸다. 제이콥은 최대한 발소리를 죽이며 소리가 들려온 방으로 다가갔다. 하는 짓이 영락없는 도둑질처럼 보인다는 걸 알면서도, 그는 몸을 벽에 바짝 붙이고 눈만 겨우 보이도록 머리를 들이밀었다.

설마 했던 그곳에 웬 노파가 이불을 반쯤 덮은 채 누워 있는 것이 보였다. 그리고 노파의 목에는 자신의 것과 똑같은 모양의 목걸이가 걸려 있었다.

제이콥은 방망이질 치는 마음을 애써 진정시키며 떨리는 목소리로 물었다.

"캐런?"

———— ◆ ◆ ————

"캐런!"

자경단원 차림의 젊은 남자가 마을 분수대를 향해 헐레벌떡 뛰어가며 외쳤다. 분수대 앞에서 누군가를 애타게 기다리던 소녀도 그를 발견하고는 손을 흔들었다.

"왜 이렇게 늦었어요?"

남자는 뭐가 그리 급했는지 벌써부터 숨이 턱 끝까지 차 있었다. 그는 소녀를 만나서도 무릎을 잡고 한참이나 숨을 골라야 했다. 거친 숨을 몇 차례 몰아쉬고 나서야 굽혔던 허리가 곧게 펴졌다.

"이것 좀 봐!"

남자는 별다른 인사도 없이 다짜고짜 소녀의 눈앞에 작은 칼을 들이밀었다.

"어머, 이게 뭐예요?"

소녀가 겁먹었다기보다는 깜짝 놀란 얼굴로 물었다.

"나도 드디어 진짜 검을 샀어."

남자는 당당하게 말했지만, 소녀는 아쉬워했다.

"에이, 최고의 기사님치고는 검이 너무 작잖아요. 그걸로는 동네 강아지들도 쫓지 못할 거예요."

소녀가 의외의 반응을 보이자 남자는 당황한 듯 진땀을 흘렸다.

"그건 캐런이 몰라서 하는 소리야. 괜히 큰 검을 샀다가는 사람들의 놀림을 받을 뿐이라고. 최대한 다른 사람과 비슷한 검을 들고 있는 편이 좋은 거야."

"그래도 난 제이콥이 좀 더 큰 검을 가졌으면 좋겠어요. 그래야 내가 위험에 빠지더라도 우리 멋진 기사님이 나를 구해 줄 테니까요."

"알겠으니까 제발 그 기사님 소리 좀 그만해. 창피하단 말이야."

"왜요? 난 우리가 처음 만났을 때, 제이콥의 그 멋진 모습을 잊을 수가 없어요."

캐런은 헛기침을 하며 목을 가다듬더니, 갑자기 굵은 남자 목소리 흉내를 냈다.

"저는 언젠가 방황의 성에 가서 최고의 기사가 될 겁니다."

그러면서 턱을 치켜들고 우스꽝스러운 자세를 취했다. 제이콥은 얼굴이 화끈거려 어찌할 바를 모르다가, 그녀를 말리려던 손으로 자신의 눈을 가려 버렸다. 모든 걸 체념한 표정이었다.

캐런은 배를 잡고 죽겠다며 꺄르르 웃어 댔다. 일부러 과장되게 웃는 건지, 웃음소리가 원래 큰 건지 알 수 없었다. 그러다 정작 중요한 걸 잊고 있었다는 듯 서둘러 웃음을 그치고 주머니를 뒤적였다. 주머니에서 나온 손에는 금빛 목걸이가 올려져 있었다.

"이건⋯."

제이콥은 캐런의 얼굴과 목걸이를 번갈아 쳐다보았다.

"당신을 위해 만들었어요."

그렇게 말하는 소녀의 목에도 제이콥에게 건넨 것과 같은 모양의 목걸이가 걸려 있었다.

"고마워, 캐런. 너무 멋진 목걸이야. 항상 간직할게."

제이콥은 그녀의 손을 잡았고, 캐런은 부끄러움으로 얼굴을 빨갛게 물들였다. 제이콥은 그런 캐런을 사랑스럽게 바라보다가 하늘에 걸려 있는 달로 시선을 옮겼다.

"세상에⋯ 캐런, 저것 좀 봐."

제이콥이 가리킨 곳에는 그 어느 때보다 크고 둥그런 달이 높이 떠 있었다. 캐런도 그것을 함께 바라보았다.

"어머, 정말 아름다워요. 마치 낮에 떠 있는 태양 같아요."

"맞아. 캐런을 보는 것 같군."

캐런이 얼굴을 또 한 번 붉혔다.

"제가 그렇게 예쁜가요?"

"아니, 캐런의 얼굴처럼 동그랗잖아."

"뭐라고요? 제가 그렇게 살쪘단 말이에요?"

"귀엽다는 뜻이야."

캐런은 짓궂게 웃고 있는 제이콥의 어깨를 가녀린 팔로 토닥였다.

"약속해 줘요."

"뭘?"

"달이 뜰 때마다 나를 생각해 주겠다고. 그리고 멀리 있어도 달이 높게 뜨는 날에는 나를 보러 와 주겠다고."

제이콥은 고개를 끄덕였다.

"물론이야."

둘은 밤하늘의 달빛 아래서 서로를 꼭 끌어안았다. 제이콥의 품속에서 캐런은 두 눈을 지그시 감았다.

—◆—

노파는 천천히 눈을 떴다.

"정말 캐런이야?"

누군가의 놀란 목소리였다. 그러나 노파야말로 자신을 부르는 목소리에 매우 놀란 듯했다. 잘 움직이지 않는 고개가 돌아가는 동안, 노파는 그것이 자신이 오래도록 기억하는 목소리라는 걸 알아차렸다.

"제이콥? 이런 세상에…."

노파가 말을 잇지 못하자 다른 목소리가 대신 그 말을 이었다.

"캐런, 이게 어떻게 된 거야? 어째서 여기에 있는 거야?"

제이콥은 노파가 누워 있는 침대로 다가오더니, 몸을 낮춰 그녀에게 손을 뻗었다. 손에 닿는 감촉으로 그것이 꿈이나 헛것을 보는 게 아님을 알 수 있었다.

"제이콥, 당신을 기다렸어요. 좀 늦긴 했지만 이렇게라도 보게 돼서 다행이에요. 그보다 당신은 젊었을 적 그대로네요. 꿈의 힘이 깃든 물건을 지닌 사람은 늙지 않는다더니, 당신은 그걸 발견했나 보군요."

캐런의 손에 제이콥의 손이 포개졌다. 캐런은 주름진 얼굴로 힘겹게 웃어 보였다.

"내 모습이 추하죠? 이럴 줄 알았으면 화장이라도 하고 있는 건데…."

"아니, 그렇지 않아. 당신은 내가 알고 있는 세상에서 가장 아름다운 모습 그대로야."

"짓궂게 놀리는 건 여전하네요."

말을 채 마치기도 전에 캐런은 거칠게 숨을 내쉬었다.

"말을 너무 많이 하지 마! 이제 어디 가지 않을 테니까. 내가 어리석었어. 앞으로 당신 곁을 지킬게."

캐런은 흐려져 가는 눈동자로 제이콥을 바라보았다.

"저도 그러고 싶지만, 아쉽게도 남은 시간이 많지 않은 것 같아요. 오랜만이라 할 말이 많은데…."

제이콥은 아무것도 할 수 없는 자신이 원망스러웠다. 그녀와 함께 울고 웃으며 보냈던 지난날들이 손에 잡힐 듯 눈앞에 펼쳐졌다. 하나같이 아름다운 추억이었다. 제이콥은 터져 나오려는 울음을 애써 참아가며 물었다.

"어째서 바보같이 나를 기다린 거야?"

캐런이 힘들게 입술을 움직였다.

"그럴 수밖에 없었어요. 우리에게 남겨진 아이를 키워야 했으니까요. 그 아이도 당신의 이런 멋진 모습을 봤으면 참 좋을 뻔했는데….."

"우리… 아이라고?"

제이콥은 불현듯 커다란 달이 떴던 밤을 기억해 냈다.

"지금 그 아이는 어디 있지?"

"저도 잘 몰라요. 딸아이는 성인이 된 후에 당신을 찾겠다며 떠났어요. 말리려고 했지만, 아빠를 닮아서인지 어느 날 훌쩍 사라져 버리고 말았어요."

"대체 날 어떻게 찾으려고 했던 거야? 내가 어디 있을 줄 알고….."

캐런이 희미하게 미소를 지었다.

"아이가 항상 당신에 관해 묻곤 했어요. 그럴 때마다 너희 아빠는 세상에서 가장 멋진 기사가 되어 있을 거라고 했죠. 거짓말은 아니라고 생각했어요. 내가 아는 제이콥이라면 충분히 그렇게 되었을 거라고 믿었으니까."

제이콥은 끝내 울음을 참지 못했다. 그는 캐런의 머리맡에 고개를 파묻고 흐느껴 울기 시작했다.

"미안해, 캐런…. 정말 미안해…. 난 어느 것 하나 약속을 지키지 못했어…,"

캐런은 마지막 힘을 쓰는 듯 천천히 손을 올려 제이콥의 머리를 쓰다듬었다.

"울지 말아요. 당신 잘못이 아니에요. 나야말로 그때 사랑을 주지 못해서 미안해요. 이렇게라도 마지막에 당신을 볼 수 있게 된 걸 신께 감사할 뿐이에요."

하지만 제이콥은 좀처럼 울음을 그치지 못했다. 그 모습을 보고 있던 캐런이 나직이 숨을 이어가며 속삭였다.

"전에 나와 했던 약속을 기억하나요? 달이 뜨면 내 생각을 해 주겠다는 약속 말이에요. 나도 하늘에 가게 되면 달이 높이 뜰 때마다 당신을 내려다봐 줄게요. 그러니 너무 슬퍼하지 말아요. 멀리 있어도 달이 높이 뜨는 날, 우리는 만날 수 있는 거니까요."

"아직 가면 안 돼, 캐런. 당신에게 해 주지 못한 게 너무나 많아. 제발 나에게 시간을 줘."

그러나 끝내 캐런의 대답은 들려오지 않았다.

"그녀는 떠났어요."

뒤에는 언제 왔는지 프랫이 서 있었다.

"너 천사라고 했지? 캐런을 살려 줘. 내가 할 수 있는 거라면 뭐든지 할게!"

제이콥은 흐르는 눈물을 닦지도 않고 프랫의 어깨를 흔들었다.

"그건 제가 할 수 없어요. 사람의 목숨은 신의 영역이거든요.

하지만 너무 슬퍼하지 마세요. 그녀는 아마 천국에 갔을 거예요."

"뭐? 네가 그걸 어떻게 알아?"

"그녀의 표정을 보면 알아요. 꿈을 이룬 사람은 죽을 때 평온한 모습을 하거든요. 신은 이 땅에서 자신이 해야 할 일을 발견하고, 그 일에 최선을 다한 사람에게 천국에서 편히 쉬도록 만들어 놓으셨어요. 그러니 그녀를 그만 보내 주세요."

제이콥은 깊은 잠에 빠진 듯한 캐런을 내려다보았다. 지금 당장이라도 깨우면 일어나서 잘 잤냐고 인사를 할 것만 같았다. 다만, 숨소리가 들려오지 않았다. 제이콥은 잠시 고개를 숙이고 있다가, 그녀가 덮고 있던 얇은 이불을 머리끝까지 올려 주었다.

"캐런은 아름다운 목걸이를 만들어 나눠 주고 싶어 했어. 사람들이 서로의 사랑을 확인할 수 있도록. 그녀는 결국 해냈구나, 나 같은 바보와는 다르게 말이지."

방 안에는 벽마다 온갖 종류의 목걸이들이 걸려 있었고, 책상에는 땜질을 하다 만 펜던트도 놓여 있었다. 최근까지도 작업을 했던 모양이었다. 제이콥은 마지막 모습을 눈에 담기라도 하듯 흰 천으로 덮인 캐런을 한참이나 내려다보았다. 그러다 몸을 돌려 방에서 걸어 나갔다. 프랫도 목걸이를 구경하고 있다가, 서둘러 제이콥의 뒤를 따랐다.

밖에서는 폴과 노인이 멀뚱히 서서 그들을 기다리고 있었다. 왜 이리 안 나오나 싶어 창문을 기웃거리던 참이었다. 그때 문이 열리며 눈이 붉게 충혈된 제이콥이 나타났다.

급하게 닦아내긴 했지만, 여전히 젖어 있는 제이콥의 눈가를 보고 노인은 아무 말도 하지 않았다. 폴도 분위기가 심상치 않음을 느끼고, 굳이 무슨 일이 있었는지 묻지 않았다. 곧이어 뒤따라 나온 프랫만 이를 어찌 설명해야 할지 몰라 쩔쩔맸다.

프랫이 알아들을 수 없는 손짓과 발짓을 하는 동안 제이콥은 자리를 벗어났고, 노인은 폴을 시켜 제이콥과 조금의 간격을 두고 따라가게 했다. 그들 사이에 무거운 침묵이 길게 흘렀다.

여행을 떠난 이후 이렇게까지 말이 없는 건 처음이었다. 틈만 나면 가벼운 농담을 하던 노인도, 수시로 지도를 보며 종알대던 프랫도 모두 입을 다물었다. 그들의 어색한 침묵은 마을을 빠져나가는 골목에 이를 때까지 이어졌다. 그리고 침묵을 깬 것은 다름 아닌 제이콥이었다.

"난 천국에 갈 수 없겠군."

"그게 무슨 말이죠?"

프랫이 커다란 눈을 끔벅거렸다.

"아까 꿈을 이룬 자들만 천국에 갈 수 있다고 했잖아. 그게 사실이라면 난 천국 근처에도 못 갈 거 아니야."

프랫은 몸도 같이 움직일 만큼 고개를 세차게 흔들었다.

"그렇지 않아요! 사실 천국은 꿈을 이루는 것과 전혀 상관없

184

는 곳이에요."

"뭐?"

"저희는 항상 사람들을 지켜보고 있어요. 그러다 자신의 꿈을 향해 나아가는 이에게 조금씩 천국의 문을 열어 주곤 하죠. 중요한 건 아무리 느리게 걷고, 수없이 쉬어갈지언정 끝까지 포기하지 않는 거예요. 당신의 현재 모습이나 얼마나 많이 실패했는지 따위는 하나도 중요치 않아요."

제이콥은 걸어가면서 말없이 하늘을 올려다보았다. 구름이 바람을 따라 몇 차례 모습을 바꾸더니, 오래된 기억 속 소녀의 모습으로 뭉쳐졌다가 이내 흩어졌다.

너무도 찰나의 순간이었다. 제이콥은 아쉬운 마음에 쉽사리 구름에서 눈을 떼지 못했지만, 그가 기대했던 것은 두 번 다시 보이지 않았다. 하늘조차 그를 비웃는 것 같았다.

제이콥이 언제까지고 들고 있을 것 같던 고개를 다시 내렸을 때는, 이미 일행이 마을을 빠져나온 뒤였다. 그들은 서로 앞서거니 뒤서거니 하며 넓게 펼쳐진 들판을 가로지르고 있었다.

날씨는 여전히 걷기에 좋았다. 다만 머리 꼭대기에 있던 해가 눈에 띄게 기울어져 있어, 일행의 등 뒤로 짙은 그림자가 드리워져 있었다.

그리고 하늘 끝에서 어두운 구름이 몰려오고 있었다.

17

들판에는 별다른 생명의 흔적이 보이지 않았다. 이따금 들판을 가로질러 오는 세찬 바람만 낮게 자라나 있는 풀들을 이리저리 들썩일 뿐이었다. 작은 야생동물이라도 몇 마리 살 법한데, 땅속에 굴을 파고 숨어 있는 건지 좀처럼 모습을 드러내지 않았다. 우중충한 하늘도 예사롭지 않았다.

"한바탕 비가 올 것 같구먼."

노인이 허리를 두들기며 고개를 들었다. 먼지 섞인 바람은 일행의 머리를 헝클어뜨리며 점점 매섭게 부는가 싶더니, 기어이 새까만 구름을 잔뜩 데리고 와 버렸다. 머리 위에 떠 있던 태양은 곧 먹구름에 삼켜져 버렸다.

콰르릉.

결국 얼마 안 가 굵은 빗줄기를 쏟아붓기 시작했다. 그리 오래 내릴 비가 아닌 것 같았지만, 잠시 내리는 소나기라고 해도 이렇게까지 거세게 퍼붓는다면, 오래 내리는 비를 맞는 것과 다를 게 없었다. 바닥엔 벌써부터 물웅덩이가 만들어지고 있었다.

웬만한 건 다 겪어 봤다고 자부하는 제이콥도, 모르는 이야기가 없는 노인도 이렇다 할 판단을 내리지 못했다. 다들 주변만 돌아볼 뿐이었다. 비를 피할 만한 곳이 있으면 좋았겠지만, 이런 허허벌판에 그런 게 있을 리 만무했다. 그들이 할 수 있는 일이라고는 언제 그칠지 모르는 비를 맞으며 그저 앞으로 걸어가는 것뿐이었다.

간간이 천둥이 쳤고, 비는 그칠 줄을 몰랐다.

"저기, 프랫. 아까 천사 이야기가 나와서 궁금한 건데, 혹시 천사가 있다면 악마도 있어?"

빗소리를 뚫을 만큼 큰소리로 폴이 엉뚱한 질문을 했다.

"그야 당연하지."

프랫도 비 구경 말고는 달리 할 게 없던 차에, 잘됐다 싶어 그의 말을 받았다.

"그러면 악마는 무슨 일을 해?"

"음….."

프랫은 함께 지냈던 악마들을 떠올려 보았다.

"악마도 천사들처럼 많은 일을 해. 하지만 그중에서도 주로

하는 일은 고통과 불행을 몰고 다니다가, 만나는 인간에게 그 것을 전해 주는 일이야."

"악마는 참 나쁘구나."

"아니, 그렇지 않아."

"뭐라고?"

폴이 아리송한 표정을 짓자 프랫은 말이 조금 더 잘 들리도 록 손바닥을 오므려 입에 가져다 댔다.

"인간은 고난이 없으면 성장할 기회를 얻을 수 없거든. 항상 같은 자리에 머물러 있을 뿐이지. 그렇기 때문에 신께서 직접 악마에게 그것을 허락하신 거야. 아무르 님은 인간이 숨겨진 잠재력으로 가득한 존재라는 걸 스스로 알아차리길 원하셨으 니까."

폴은 그 말이 곧바로 이해되지 않았다. 혹시 잘못 들은 부분 이 있나 싶어 대화를 한 번 더 곱씹고 있을 때 프랫이 덧붙였다.

"하지만 진짜 이유는 따로 있어."

"진짜 이유?"

"그래, 바로 인간에게 행복을 알게 하기 위함이지."

———◆·◆———

"행복을 알게 하기 위함이라고요?"

불행의 악마 세이칼은 자신의 은빛 머리칼을 매만지며 눈을 동그랗게 뜨고 물었다.

"그래, 나는 인간을 위해 행복을 만들었지만, 그들은 행복을 알아차리지 못했단다. 그래서 반대로 불행을 만들었고, 이제 그것을 나눠 주고자 하는 거란다."

"하지만 그랬다가는 인간이 아무르 님을 향해 온갖 불평과 불만을 늘어놓을 거예요. 저는 그런 모습을 보고 싶지 않아요."

세이칼이 내키지 않아 하자 아무르가 온화한 얼굴로 그녀를 다독였다.

"괜찮다, 세이칼. 대신 네가 인간에게 그것을 나누어 줄 때, 그들이 받는 어려움이 왜 찾아왔는지, 장차 그 고난이 무엇을 이루기 위함인지 함께 알려 주거라. 네 날개의 힘을 이용해서 말이지."

세이칼은 죄 없는 머리카락만 계속 잡아당겼다. 은빛 머리카락 몇 가닥이 바닥에 나풀나풀 떨어져 내렸다. 세이칼은 여전히 마음이 무거웠지만, 결국 그의 말을 따르기로 했다.

"알겠습니다. 아무르 님."

그녀는 자신의 긴 머리를 휘날리며 자리를 벗어났다. 날개를 몇 번 퍼덕인 것뿐인데, 순간이동이라도 한 것처럼 단숨에 시야에서 사라져 버렸다. 아무르는 세이칼이 모습을 감추자, 먼발치에 있는 수풀을 바라보며 말했다.

"엿듣는 취미가 생긴 모양이로구나."

얼마 지나지 않아 수풀이 움직이더니, 브룬델이 멋쩍은 모습을 하고 나타났다.

"일부러 그랬던 건 아니에요. 지나가다가 세이칼이랑 아무르 님이 계신 걸 보고 무슨 얘기를 나누시는지 궁금했을 뿐이에요."

아무르가 근엄한 표정을 풀고 부드러운 얼굴로 브룬델을 불렀다.

"이리 가까이 오너라."

"네."

아무르는 쭈뼛거리며 다가오는 브룬델을 자신의 옆에 앉혔다. 구름을 뭉쳐 만든 의자가 조금 더 납작해졌다.

"할 말이 있어 보이는구나."

"저기 그게…."

브룬델이 쉽게 말을 꺼내지 못하자 아무르가 그를 재촉했다.

"괜찮으니 어서 말해 보거라."

"어째서 아무르 님은 저희가 아닌 악마에게 그런 일을 맡기시는 거죠?"

아무르는 브룬델의 귀여운 질투를 눈치채고 가볍게 웃었다.

"그건 너희 천사들이 너무 착하기 때문이지. 너희는 마음이 여려서 인간이 가볍게 넘길 만한 고통밖에 나누어 주지 못할 테니까. 내가 원하는 건 견디기 힘든 고통이란다."

"어째서요?"

브룬델은 본인이 그런 일을 당하기라도 한 듯 표정이 일그러졌다.

"그래야 훗날 행복이 찾아왔을 때, 그것이 얼마나 소중한 것인지 알 수 있을 테니 말이다."

"그래도 저는 아픔을 겪게 될 인간들이 불쌍해요."

브룬델이 걱정 어린 눈빛으로 말했다.

"나도 네가 걱정하는 게 무엇인지 잘 알고 있단다. 나 역시 마음이 편하지만은 않아. 하지만 내가 인간에게 주고자 하는 것은 고난 그 자체가 아니라, 고난 뒤에 찾아올 축복들이란다."

"축복이라니요?"

아무르가 길지 않은 수염을 찬찬히 쓰다듬었다.

"내 설명이 조금 부족했나 보구나. 내가 축복이라고 말한 건, 바로 감사하는 마음과 다른 사람을 이해하고 용서할 수 있는 마음 같은 것들이지."

"어째서 그들에게 그런 게 필요한 거죠? 그리고 그것을 그냥 주실 순 없는 건가요?"

브룬델이 눈을 크게 뜨고 물었으나, 아무르는 고개를 내저었다.

"인간은 너희 천사와는 다르게 만들어졌단다. 그들은 배고픔을 느껴야만 무심코 먹던 한 끼 식사가 얼마나 감사한 것이었는지 알게 되고, 몸에 병이 찾아온 뒤에야 건강한 육체의 소중함을 깨닫게 된단다. 그리고 사랑하는 사람이 떠나고 나서야 비로소 빈자리를 느끼고 그리워하게 되지. 인간은 거저 주어지는 것들에 대해서는 당연하다고 여겨 버리는 바람에, 그 어떤 것에도 감사함을 느낄 수 없는 존재들이니까."

원래도 인간을 끔찍이 생각하는 아무르였지만, 최근에는 별의별 이유를 들어가며 그들을 챙기고 있었다. 브룬델은 이제 세이칼이 아니라, 인간에게 질투가 나려고 했다.

"무엇보다…."

브룬델은 아직 할 말이 더 있어 보이는 아무르를 물끄러미 바라보았다. 브룬델의 똘망똘망한 눈망울에는 호기심이 가득 깃들어 있었다. 아무르는 그런 브룬델을 향해 빙긋이 미소 지었다.

"매일 인간을 찾아다녀야 하는 겸손의 천사가 무척 바빠 보였단다. 그도 좀 쉬어야 하지 않겠니?"

———— ◆ ————

"저기서 좀 쉬었다 가지."

노인이 눈썹 위에 손바닥으로 가림막을 만들고 앞을 내다보며 소리쳤다. 폭우로 인해 사방의 시야가 좁아져 있는 상황에서 용케도 뭔가를 발견한 모양이었다. 일행도 얼굴로 퍼붓는 빗물을 몇 차례 닦아내며, 노인이 보는 곳을 같이 살펴보았다.

과연 멀리 떨어진 곳에 나이를 헤아리기 힘든 커다란 나무 한 그루가 비를 견디며 서 있는 모습이 보였다. 그제야 모두의 얼굴에 화색이 돌기 시작했다. 날은 점점 어두워지고 있었고, 비는 아무래도 오늘 중으로 그치긴 틀린 것 같았다. 이대로 밖에서 자면 어떡하나 걱정하던 차에, 쉴 곳을 찾은 것이 더없이 반가웠다.

그들은 누가 먼저랄 것도 없이 나무를 향해 달려가기 시작했다.

18

나무는 멀리서 보던 것보다 훨씬 더 거대했다. 두께도 두께지만, 웬만한 크기의 건물은 밑으로 내려다볼 만큼 우뚝 솟아 있는 모습이 인상적이었다. 이 나무를 베려면 방황의 성에 사는 모든 나무꾼을 불러도 한 달은 족히 걸릴 것 같았다.

일행은 해도 저물고 있거니와 체력도 거의 남아 있지 않았던 터라, 나무 구경은 가볍게 끝내고 저마다 비에 쫄딱 젖은 옷가지들을 말리느라 여념이 없었다. 다행히 넓게 뻗어 나간 가지들이 천막 역할을 해 주었다.

제이콥은 진작 새로 샀어야 할 구멍 난 가죽 장화를 거꾸로 벗어 나무 기둥에 걸쳐 놓았고, 폴은 목이 늘어난 셔츠를 걸레

짜듯 쥐어짜며 물기를 없앴다. 노인도 닦으나 마나 한 젖은 헝겊으로 수염과 머리를 말렸다. 하지만 유독 프랫만은 그들과 조금 떨어진 곳에서 멍하니 무언가를 내려다보고 있었다.

이를 궁금히 여긴 노인이 물었다.

"뭘 그리 보고 있는 게냐?"

프랫은 고개도 돌리지 않고, 시선을 한곳에 둔 채로 말했다.

"이건 궁정의 나무예요."

프랫의 앞에는 큰 나무의 그늘에 가려 잘 보이지 않던 작은 나무 한 그루가 있었다. 프랫이 먼저 말하지 않았다면, 그저 나뭇가지 하나가 땅바닥에 꽂혀 있다고 여길 만큼 가늘고 연약한 모습이었다.

그것은 큰 나무는 말할 것도 없고 작은 나무들과 비교해도 키가 한참 모자랐지만, 이제 막 싹을 틔운 어린나무라고 생각하면 특별히 이상할 것도 없었다.

하지만 그걸 바라보는 프랫의 얼굴에는 슬픔이 잔뜩 묻어 있었다.

———◆———

"왜 그리 슬픈 표정인가요, 브룬델?"

"그야 행복의 여신님이 떠나시니까요."

"걱정하지 말아요, 금방 돌아올 테니."

당장이라도 울음을 터뜨릴 것 같은 프랫을 보며 루셈다가 귀엽다는 듯 미소를 지었다.

"대신 부탁 하나 할게요, 브룬델."

"그게 뭔데요?"

"혹시 내가 너무 오랫동안 돌아오지 않으면, 인간들이 사는 세상으로 나를 찾으러 와줘요."

브룬델은 고개를 힘차게 끄덕였다. 눈물이 그렁그렁한 주제에 씩씩한 척하는 모습을 보고, 행복의 여신은 또 한 번 살짝 입꼬리를 올렸다.

"난 이제 게헨나와 함께 아무르 님을 뵈러 가야 해요. 내가 다시 올 때까지 천사들을 잘 부탁해요."

루셈다는 브룬델의 이마에 가볍게 입술을 가져다 댄 뒤, 서둘러 아무르가 있는 곳으로 향했다.

———◆———

"아무르 님은 루셈다 님과 게헨나에게 각기 다른 씨앗을 하나씩 나누어 주셨어요. 그건 바로 긍정의 나무와 부정의 나무로 자라나는 씨앗이었죠. 신께서는 루셈다 님에게는 긍정의 씨앗을, 게헨나에게는 부정의 씨앗을 주면서 지상으로 내려가게 되면 가장 먼저 그 씨앗을 심게 시키셨대요. 아마도 루셈다 님은 지금 우리가 있는 이곳에 그 나무 씨앗을 심으신 것 같아요.”

“신은 어째서 이렇게 작고 볼품없는 나무의 씨앗을 나누어 준 거지?”

자라다 만 것 같은 나무의 줄기를 만지며 제이콥이 물었다.

“신께서 루셈다 님에게만 이런 나무의 씨앗을 주셨을 리 없어요. 아까는 미처 눈치채지 못했지만, 우리가 쉬고 있던 저 큰 나무는 바로 ‘부정의 나무’예요.”

놀란 일행은 조금 전까지 등을 기대고 있던 나무를 돌아보았다. 폴은 갑자기 나무가 살아 움직여 자신을 잡아먹는 상상을 했다. 곧장 온몸의 솜털이 곤두섰고, 바람 소리가 괴물의 울음처럼 들렸다.

“제 생각에는 욕심 많은 게헨나가 이곳에 긍정의 씨앗이 심어진 것을 알고, 뭔가 술수를 부린 것 같아요. 아마도 루셈다 님이 바쁜 틈을 이용해 일부러 바로 옆에 부정의 씨앗을 심고 열심히 저 나무를 키운 거겠죠.”

프랫은 자기가 직접 보기라도 한 것처럼 말했다. 만약 사실이 아니라면 불행의 여신이 억울할 법도 했다.

“그래서 부정의 나무는 저렇게 세찬 비바람에도 끄떡없을 만큼 크게 자라났지만, 긍정의 나무는 본래 모습을 잃고 지금처럼 연약한 나무로 남아 버린 걸 거예요. 그늘에 가려 햇빛도 못 받고, 땅속의 영양분도 모조리 빼앗겨 버린 채로요.”

단언하듯 말을 마친 프랫은 긍정의 나무를 안타깝게 바라보

있다. 폴이 침울해하는 프랫을 향해 물었다.

"어떻게 해야 이 나무를 다시 자라게 할 수 있을까?"

"매일 와서 돌보는 것 말고는 방법이 없겠지. 그러지 않으면….'

프랫이 말끝을 흐리자 폴은 다시 한번 물었다.

"그러지 않으면?"

프랫이 더욱 슬픈 목소리로 말했다.

"언젠간 결국 말라 죽겠지."

———◆◆———

"하하하, 역시 그렇겠지?"

게헨나는 자신 앞에 자라나 있는 두 그루의 나무를 보고 있다가, 불행의 악마 세이칼의 대답이 만족스러웠는지 크게 웃음을 터뜨렸다. 아무리 생각해도 멋진 계획이었다. 그녀는 기다란 손톱이 달린 손으로 품에서 무언가를 꺼내더니 그녀에게 건넸다.

"이건….'

"그건 루셈다가 만든 '꿈'이라는 거다. 그것 때문에 내가 만든 감정들이 힘을 잃어버렸지. 너는 그걸 인간의 손이 닿지 않을 만한 곳에 감추어 두고 그들 속에 숨어 있거라."

"하지만 게헨나 님….'

세이칼이 머뭇거리다 어렵게 입을 열었다.

198

"제가 하늘로 돌아가서 날개의 힘을 빌리지 못하면, 저는 인간이 어려운 일을 당할 때 그들이 왜 그런 고난을 겪어야 하는지, 그 안에 숨겨진 이유를 알려줄 수가 없어요. 그렇게 되면 인간은 신을 원망하거나, 신께서 그들을 버렸다고 믿어 버릴 거예요."

"흥, 하찮은 인간들 따위가 어찌 되든 그게 우리랑 무슨 상관이란 말이냐."

게헨나는 한차례 콧방귀를 뀌고는 세이칼을 타일렀다.

"네가 할 일은 인간에게 불행을 나누어 주는 거야. 그것만으로도 충분해. 그러니 시킨 일이 끝나면 내가 올 때까지 방황의 성에서 기다리고 있거라. 알겠느냐?"

세이칼은 곤란한 상황이 되면 늘 해 오던 버릇처럼 자신의 은빛 머리칼을 매만졌다. 하지만 게헨나의 눈빛이 매서워 오래 고민할 수도 없었다.

"네…."

세이칼은 잠시 망설이는가 싶었지만 곧 모습을 감추었고, 그녀가 있던 자리엔 은빛 잔상만 남게 되었다. 그리고 세이칼이 사라지는 걸 본 게헨나 역시 몸을 날려 어디론가 향했다.

그날 의심의 마을에는 이상한 일이 일어났다. 햇빛이 창창해야 할 오후임에도 불구하고 먹구름이 끼더니, 세상이 밤이라도 된 것처럼 어둡게 변해버린 것이다. 마을 주민들은 어찌 된 영무인지 몰라 모두가 하던 일을 멈추고 하늘을 올려다보았다.

그들의 시선이 모여진 곳에서 검은색 망토를 뒤집어쓴 게헨나가 홀연히 나타났다. 망토가 발밑을 덮어 유령이 떠다니는 듯한 모습이었다. 누군가 겨우 입을 벌려 신음 같은 소리를 내뱉었다.

"세상에….."

밭을 일구던 이들은 농기구를 떨어뜨렸고, 자신이 가꾸던 작물을 밟고 있는 것도 알아차리지 못했다. 평소 지나가는 참새만 봐도 짖어대던 개들은 애처롭게 낑낑대기만 했다. 살아 있는 모든 것들이 공포에 휩싸였다.

게헨나의 표정은 얼음처럼 차가웠다. 얼굴에선 아무런 감정도 느껴지지 않았고, 몸에선 안개 같은 검은 기운이 퍼져 나왔다. 그녀가 손을 휘저은 곳엔 건물이 무너졌으며, 지나간 자리엔 불길이 일었다. 마을은 순식간에 아수라장이 되었다.

"신이시여!"

"대체, 어째서….."

게헨나는 창백하고 무표정한 얼굴로 사랑을 빼앗기 시작했다. 그녀가 사랑 중에서도 가장 싫어했던 것은 바로 연인들의 사랑이었는데, 행복의 여신으로부터 받은 사랑을 날이 갈수록 크게 키우고 있었기 때문이다. 이를 눈엣가시처럼 여긴 게헨나는 보이는 대로 사랑을 빼앗아 갔다.

"아무르 님! 저희를 버리지 마소서!"

의식용 예복을 입은 늙은 사제가 하늘로 팔을 뻗고 큰 목소리로 외쳤다. 하지만 사람들의 더 큰 비명에 묻혀 버렸다. 도망치던 이들은 서로 부딪히는 바람에 바닥을 굴렀고, 누가 밟고 누가 밟히는 건지도 모를 상황이 계속되었다. 들려오는 건 살려 달라고 애원하는 소리뿐이었다. 간혹 지하실이나 벽장 속에 몸을 숨긴 이들도 있었으나, 얼마 못 가 모두 발견되었다. 누구도 게헨나를 피해 갈 수 없었다.

그러던 중 금빛 목걸이를 한 여인이 게헨나의 눈에 띄었다. 누구보다 큰 사랑을 지닌 인간이었다. 게헨나는 잔뜩 겁을 집어먹고 있는 그녀에게로 다가섰다. 여인은 달아나고 싶었지만, 다리가 돌이라도 된 것처럼 움직이지 않았다.

"그… 그만둬!"

어디선가 똑같은 목걸이를 한 남자가 튀어나와 그녀의 앞을 가로막았다. 호기롭게 소리쳤으나, 게헨나에게 미처 다가오지 못하고 작은 칼을 허공에 그어 댈 뿐이었다. 다리는 사시나무 떨리듯 떨고 있었다.

"흥, 가소롭긴."

이를 본 게헨나가 무심히 손을 뻗었다. 그러자 남자의 몸이 지면에서 한 뼘쯤 붕 뜨더니, 곧장 뒤로 날아가 버렸다. 남자가 뒤통수부터 부딪힌 곳에는 짓다 만 담벼락이 있었고, 흙담이 무너져 내리며 돌무더기가 그를 덮쳤다.

모든 게 눈 깜짝할 새에 일어난 일이었다. 남자의 가슴에서 빠져나온 사랑은 둥글게 형태를 갖추더니, 자석에 이끌리기라도 하듯 게헨나의 손바닥으로 흘러 들어갔다. 그리고 흔적도 없이 사라져 버렸다.

"안 돼!"

여인은 쓰러진 남자를 향해 달려가 그를 부둥켜안고 눈물을 흘렸다. 게헨나는 여전히 싸늘한 눈빛을 한 채, 여인에게서도 사랑을 빼앗기 위해 시체처럼 바짝 마른 손가락을 펼쳐 들었다. 손에서 검은 연기가 막 피어오르려는 순간이었다.

갑자기 등 뒤에서 그녀를 부르는 소리가 들려왔다.

"게헨나! 이게 무슨 짓이야?"

그곳에는 눈부시게 빛나는 루솀다가 서 있었다. 입고 있는 옷은 눈보다 희었고, 순백보다 깨끗했다. 주변의 모든 걸 집어삼킬 듯했던 칠흑 같던 어둠이 그녀를 중심으로 물러나고 있었다.

게헨나는 크게 당황하더니, 피가 배어날 만큼 입술을 깨물었다. 동시에 뱀의 눈처럼 세로로 길게 찢어진 눈동자도 초점을 잃고 흔들렸다. 게헨나는 뭔가 할 말이 있어 보였지만, 황급히 자리에서 벗어나 이내 멀리 달아나 버렸다.

곧 어두웠던 하늘이 개고, 빛이 비치기 시작했다.

"이제 출발해도 될 것 같아요."

프랫이 점점 맑아지는 하늘을 올려다보며 반가운 얼굴로 말했다. 밤새도록 내린 비는 새벽녘이 되어서야 겨우 잦아들었고, 이제는 나뭇잎에 맺힌 물방물만 똑똑 떨어지고 있었다. 일행도 구름을 뚫고 쏟아지는 몇 가닥의 빛줄기를 보고 있던 터라, 프랫의 말에 지체 없이 자리를 털고 일어났다.

"긍정의 나무야, 꼭 살아남으렴."

프랫은 주변의 흙을 모아 돋워 주었다. 긍정의 나무가 바람에 흔들리며 작게 뻗어나간 가지도 함께 흔들렸다. 그 모습이 꼭 작별 인사를 건네는 것 같았다.

일행은 아직 마르지 않아 눅눅한 옷을 다시 몸에 걸치고, 물기를 머금은 들판을 걸어갔다. 사방에선 개구리 울음소리가 크게 들려왔다. 싱그러운 풀 내음이 가슴 가득 밀려들었고, 따스한 햇볕이 얼굴을 간지럽혔다. 구름이 점차 걷히며 커다란 무지개도 모습을 드러냈다. 더없이 평화로운 아침이었다.

동이 트는 들판 너머에는 크고 작은 언덕 몇 개가 시야를 가리며 죽 늘어서 있었다. 언덕은 제법 경사가 있었지만, 외로움의 산을 생각하면 평지나 다름없는 수준이었다.

제이콥은 지금껏 지나온 곳들을 스치듯 떠올려 보았다. 절망의 계곡과 좌절의 늪을 건너온 그에게 이제는 지나지 못할 곳이 없을 것 같았다. 무너져가는 다리도, 앞을 가로막는 바위도 더는 겁나지 않았다.

하지만 언덕을 막 넘어갔을 때, 조금 전 했던 생각을 바꿔야만 했다. 눈앞에 바다로 착각할 만한 널찍한 강이 흐르고 있었기 때문이다.

게다가 전날 내렸던 폭우 때문인지 강물은 크게 불어나 있었다.

19

그나마 다행이라면 강물 사이로 드문드문 징검다리가 놓여 있었다는 것이다. 그것마저 없었다면 일행은 먼 길을 돌아가거나, 어쩌면 더는 행복의 섬으로 나아갈 수 없을지도 모를 일이었다. 다들 졸였던 가슴을 쓸어내렸다.

그러나 문제는 역시 앞이 보이지 않는 폴이었다. 징검다리는 간격이 일정하지 않았고, 어떤 돌은 발 하나를 겨우 올려놓을 정도로 작아서, 앞이 보이는 사람들조차 이곳을 건너려면 애를 먹을 듯했다. 더구나 폴은 노인까지 업고 있었다.

노인과 프랫은 그런 폴을 위해 앞에 돌이 얼마나 떨어져 있는지, 어떤 크기와 모양인지 자세히 설명해 주었다. 제이콥도

205

앞서가다가 이따금 손을 내밀어 주었다. 별거 아닌 것 같아도 폴에게는 큰 도움이 되었다.

"감사합니… 어?"

징검다리를 거의 다 넘어갔다고 여길 때쯤이었다. 너무 빨리 마음을 놓은 탓이었는지, 폴은 그만 중심을 잃고 '풍덩' 소리와 함께 강물 속으로 빠져 버리고 말았다. 프랫과 제이콥이 뒤늦게 팔을 뻗었지만, 이미 급류에 휩쓸린 뒤였다.

폴의 모습은 벌써 온데간데없었다.

"어푸, 어푸."

코와 입으로 쉴 새 없이 물이 들어왔다. 발끝에 닿는 것도, 손끝에 잡히는 것도 없이 몸이 서서히 아래로 가라앉았다. 자신이 만들어낸 공기 방울만 수면 위로 올라갈 뿐이었다. 알 수 없는 힘이 목덜미를 붙잡고 심연 같은 바닥으로 끌고 가는 기분이었다.

폴은 물에 함께 빠졌을 노인을 걱정할 겨를도 없었다. 걱정은커녕 그 어떤 생각도 들지 않았다. 오직 오래된 기억 하나만 떠올랐다. 어릴 적 불꽃놀이를 보기 위해 갔던 마을 축제에서, 사람들에게 밀려 다리 밑으로 떨어졌던 기억이었다.

다리 아래는 깊은 저수지였고, 그날 이후 폴에게 물보다 무서운 건 없었다.

방황의 성에서는 성대한 축제가 열리고 있었다. 불꽃놀이가 까만 밤하늘을 수놓았고, 횃불과 조명이 어두운 거리를 밝게 물들였다. 성안에는 온통 사람들의 웃음소리와 술잔 부딪히는 소리로 가득했다. 늦은 시간이었지만, 누구도 자리를 떠나지 않았다.

적어도 이날만큼은 모두가 행복해 보였다. 그중에서도 가장 행복한 표정을 짓고 있는 한 남자가 은빛 머리의 여인과 손을 맞잡고 있었다. 여인의 특이한 머리색보다 더 눈에 띄는 건 그녀의 아름다운 얼굴이었다. 마치 하늘에서 내려온 천사를 보는 것 같았다.

별빛이 내려앉은 다리 위에서 남자는 여인에게 아름다운 노래를 불러 주었다. 평소에 많이 연습해 둔 곡이었는지 음정 하나 틀리지 않았지만, 몇 군데쯤 틀렸다고 해도 넘어가 줄 수 있을 정도로 감미로운 목소리였다. 이윽고 노래가 끝나자 남자는 한쪽 무릎을 꿇은 채로 그녀에게 청혼했다.

그러나 여인은 자신의 머리카락만 만지작거렸다. 한동안 대답이 없자, 남자는 눈을 질끈 감고 준비해 온 꽃다발을 좀 더 앞으로 내밀었다. 진심은 통한다고 했던가. 결국 여인은 수줍게 웃으며 승낙했다.

"응애, 응애."

시간이 흘러 둘을 닮은 아이가 태어났다. 여인은 수척해진 얼굴로 뺨을 아이에게 비벼댔고, 남자도 감격에 겨운 눈으로 아이를 내려다보았다. 자신을 닮아 붉은 머리카락이 잘 어울리는 아이였다. 세상 누구도 부럽지 않은 순간이었다.

남자는 이제 다른 일자리를 알아 봐야겠다고 생각했다. 지금 일하는 악단에서 노래를 하여 버는 돈으로는 세 사람이 먹고 살기에 턱없이 부족했기 때문이다. 하지만 평생을 노래만 하며 살아온 남자가 할 수 있는 일은 그다지 많지 않았다.

"악기는 좀 다룰 줄 아나?"

남자가 어렵게 일하게 된 곳은 마을 번화가에 있는 어느 술집이었다. 거친 손님들이 드나드는 곳이라 마음을 단단히 먹었지만, 어금니를 꽉 물어야 하는 날들이 많았다. 취객들은 노래를 부르고 있는 남자에게 야유를 퍼붓기도 했고, 먹다 남은 안줏거리를 던지기도 했다.

하지만 남자는 힘들지 않았다. 목숨과도 맞바꿀 만큼 사랑하는 가족들이 있었기 때문이다. 몇 푼 안 되는 돈이라도 팁을 받을 수만 있다면, 자신의 감정이 상하는 일 따윈 조금도 중요치 않았다. 가족을 위해서라면 그보다 더한 것도 참아낼 수 있었다. 다만 자신의 아이에게만큼은 절대로 노래하게 하고 싶지 않았다.

남자는 매일 같이 술집에서 노래를 불렀다. 덕분에 예전보다 상황이 좋아지기는 했지만, 그가 꿈꾸던 행복한 가정을 이루기엔 여전히 돈이 부족하기만 했다. 그러다 술집에서 일하는 사람들과 우연히 그들이 일과를 마치고 가는 곳에 함께 가게 되었다.

"너, 이 자식! 패 바꿔치기 한 거 아니야?"

"뭐? 네가 보기라도 했어!"

그곳은 활기가 넘치는 곳이었다. 욕을 섞어가며 소리를 지르는 사람도 있었고, 얼굴을 감싼 채 슬퍼하는 사람도 있었다. 남자는 거기서 처음으로 도박이란 것을 해 보았다. 놀랍게도 그답지 않게 행운이 따랐다.

남자는 한 달을 꼬박 일해야 벌 수 있는 돈을 겨우 술 한잔 걸칠 시간 만에 벌 수 있게 되었다. 그동안 비껴가던 행운의 여신이 드디어 자신에게도 미소를 지은 것이리라. 집으로 돌아온 그는 아내와 아이를 끌어안고 뜨거운 눈물을 쏟았다.

"이제 행복하게 해 줄게."

남자는 그날 이후 일이 끝나면 집으로 가는 대신 도박장으로 향하는 날이 많아졌다. 그러나 돈을 따는 날보다 잃는 날들이 늘어나면서, 남자는 또다시 많은 빚을 지고 예전의 궁핍한 생활로 돌아가게 되었다. 집은 더 작아졌고, 빵의 크기도 줄어들었다. 하루빨리 초라한 삶에서 벗어나고 싶었지만, 가난은 끝내 그의 발목을 잡고 놓아 주지 않았다. 점점 희망이 사라져 갔다.

"이봐, 시드. 돈 좀 벌어볼 텐가?"

매일 땅이 꺼져라 한숨만 쉬던 남자에게 도박장 사람들은 그가 돈을 갚을 방법을 알려 주었다. 바로 도박장 지하에서 매주 열리는 맨주먹 싸움에 참여하는 것이었다. 승리를 하게 되면 빚의 일부를 갚을 수 있다고 했고, 이기지 못한다고 해도 약간의 수고비를 받을 수 있다고 했다.

남자는 망설이지 않고 그 일을 하기 위해 경기장을 찾아갔다. 하지만 의욕만 앞설 뿐, 싸움 실력은 별 볼 일 없던 남자가 그곳에서 잔뼈가 굵은 이들에게 상대가 될 리 없었다. 결국 남자는 흠씬 두들겨 맞고 경기장을 빠져나와야 했다.

터벅터벅.

남자는 쉽게 집으로 갈 수 없었다. 자신의 상한 얼굴을 보면 아내와 아이가 이유를 물어볼 것이고, 사실대로 말하면 걱정할 것이 뻔했기 때문이다. 그럴 바에야 당분간은 비밀로 하는 게 나았다. 어차피 오래 할 일도 못 되었다.

생각 끝에 다시 발길을 돌려 자신이 일하는 술집으로 가 손님들이 남기고 간 술을 마셨다. 그는 집으로 돌아가 다른 사람과 사소한 시비가 붙어 싸웠노라고 거짓말을 했다. 비록 아내와 아이는 슬퍼했지만, 그렇게 해서라도 다른 가족들처럼, 아니 다른 가족들보다 더 그들을 행복하게 해 주고 싶었다.

그런 일들이 반복되던 날이었다.

"뭐, 뭐라고?"

남자는 아내로부터 청천벽력과도 같은 소식을 듣게 되었다. 누구보다 사랑하는 자신의 아이가 앞을 볼 수 없게 되었다는 것이다. 아내는 짧아진 머리를 두건으로 감싼 채 울면서 그 사실을 이야기했다.

너무 놀란 나머지 별로 빠르지도 않은 아내의 말이 뒤늦게 이해되었다. 충격은 그다음에야 찾아왔다. 가슴이 찢어지는 듯했고, 모든 게 자신의 잘못이라고 생각했다. 남자는 그 길로 의사를 찾아가 아이를 고칠 방법이 없는지 물었다.

"흠….'

의사는 진료 기록을 보더니 고개를 저었다. 병이 너무 많이 진행되어, 더는 손 쓸 도리가 없다고 했다. 의사가 코끝에 걸쳐 둔 안경을 고쳐 쓰며 종이를 몇 장 넘겼다. 그러면서 어렵게 다른 이야기를 꺼냈다.

"아이보다 위험한 건 바로 부인입니다."

아이의 경우 눈에만 영향을 미치기 때문에 생명엔 지장이 없지만, 아내의 병은 빨리 치료하지 않으면 목숨을 잃을 수도 있다고 했다.

남자는 그게 무슨 말이냐며 따졌다. 의사는 아내가 말하지 않았느냐고 물었고, 남자는 처음 듣는 얘기라고 했다. 아내가 아이를 데려오던 날, 아내의 유난히 창백한 얼굴이 의심스러워 몇 가지 검사를 했는데, 그 결과가 아주 좋지 않았다는 것이다.

"하루라도 빨리 수술을 해야 합니다."

의사가 다그쳤다. 남자는 치료비가 얼마인지 물었고, 금액을 들은 남자는 아내가 왜 자신에게 그 사실을 알리지 않았는지 알 수 있었다.

남자는 그날도 역시 쉽게 집으로 돌아갈 수 없었다. 닦아도 닦아도 눈물이 흘렀기 때문이다. 한참을 슬퍼하던 남자는 무언가를 결심한 듯 도박장 지하에 있는 경기장을 찾아갔다.

"자네가 정 그렇다면야…."

남자는 그곳 관리인에게 가장 많은 액수를 받을 수 있는 시합을 잡아 달라고 부탁했다. 사정을 들은 관리인은 어렵사리 승낙했고, 며칠 뒤 경기가 있을 것이라고 알려 주었다. 남자는 통통 부은 눈을 가리기 위해 그날도 어김없이 술을 마시고 집으로 들어갔다. 그리고 잠든 아내와 아이를 바라보며 속으로 몇 번이고 같은 말을 되뇌었다.

'조금만 기다려.'

———◆———

"조금만 기다려! 곧 구해 줄게!"

프랫은 물에 빠진 폴을 보며 발을 동동 굴렀다. 프랫은 제이콥을 바라봤지만, 이렇게 물살이 센 곳에선 그조차 어쩔 수 없어 보였다. 그때 폴이 수면 위로 떠올라 와 살려달라며 소리쳤

212

다. 이를 보다 못한 프랫이 물에 뛰어들려고 하자, 제이콥은 하나뿐인 팔로 그를 막았다. 그러고는 다리를 성큼 건너가 어디론가 달려가기 시작했다.

———— ◆ ————

남자는 경기에 늦지 않기 위해 서둘러 도박장 지하로 달려갔다. 아내는 그날따라 더욱 야윈 얼굴을 하고 있었지만, 그는 아내를 못 본 척하고 집을 나올 수밖에 없었다. 언젠간 자신을 이해해 줄 날이 올 거라 믿으면서.

경기는 모두의 예상을 뒤집었다. 커다란 덩치와는 다르게 변변치 못한 실력으로 모두에게 조롱거리가 되던 남자가 경기장 최고의 실력가를 만나 대등한 싸움을 펼친 것이다. 그리고 치열한 접전 끝에 남자는 가까스로 상대를 쓰러뜨렸다.

경기장은 일순간 사람들의 함성으로 들끓었다. 남자는 승리의 기쁨을 만끽할 새도 없이 대전료를 챙겨 서둘러 자리를 빠져나왔다. 중간에 행인들과 몇 번 어깨가 부딪혔으나, 그는 사과할 겨를도 갖지 못했다. 그날따라 집으로 가는 길이 더욱 길게 느껴졌다.

남자는 미끄러지듯 거리를 달려 집으로 향했다.

하지만 낡고 투박한 나무 대문을 연 순간, 그대로 자리에 얼어붙고 말았다.

아내가 창백한 얼굴로 바닥에 쓰러져 있었던 것이다. 그리고 아들은 그런 아내를 끌어안고 슬피 울고 있었다.

———◆———

노인은 폴의 얼굴에 묻은 물기를 닦아 주었다.

"쿨럭, 쿨럭."

가까스로 정신을 차린 폴이 삼켰던 물을 뱉어내며 기침을 해 댔다. 옆에 있던 프랫이 폴의 등을 몇 차례 두들겨주었다.

"괜찮아?"

"응, 여긴… 영감님은?"

노인이 마른 수건으로 폴의 입가를 마저 닦아 냈다.

"내 걱정은 말게."

다행히 노인의 목소리는 평상시와 다를 바 없었다. 그는 덕분에 목욕 한번 잘했다며, 걱정 많은 폴을 오히려 위로했다. 노인의 농담 한마디에 폴은 죄책감을 어느 정도 내려놓을 수 있었다.

"그런데 이게 어떻게 된 거죠? 물에 빠진 뒤로는 기억이….""

폴은 자신을 둘러싸고 있는 일행을 향해 물었다.

"내가 바닷가에 살면서 하나 배운 게 있지."

굵고, 느릿느릿한 목소리. 제이콥이었다. 그는 강가에서 혼자 둥근 돌로 수제비를 뜨고 있다가 전혀 엉뚱한 대답을 했다.

"때론 누구나 예상치 못한 파도에 휩쓸릴 때가 있다는 거야."

평평한 돌은 물 위를 통통 튕기며 날아가더니, 건너편 둑에 닿아서야 비로소 움직임을 멈췄다. 이를 본 프랫이 따라서 돌멩이를 던졌으나, 곧장 물속에 처박혀 버렸다.

"나도 처음 물에 빠졌을 땐 어떻게든 거기서 벗어나려고 발버둥을 쳤었지. 하지만 그럴수록 오히려 더 깊은 물속으로 가라앉아 버렸어."

제이콥은 조금 전까지 폴이 빠져있던 강물을 바라보았다. 강은 폴을 이리저리 데리고 다니다가 물살이 약해지는 곳에서 그를 뱉어냈고, 지금은 아무 일도 없었다는 듯 다시 유유히 흘러가고 있었다.

"살아가다 보면 조금 전처럼 도저히 헤어 나올 수 없는 물살을 만나는 일도 있을 거야. 그럴 땐 잠시 호흡을 멈추고, 그곳에 몸을 맡길 줄도 알아야 해. 네가 보채지 않아도 때가 되면 너를 다시 뭍으로 보내 줄 테니까."

제이콥은 한쪽이 빈 소매를 나풀거리며 다가와, 폴의 팔을 잡고 그를 일으켜 세웠다.

"그러니 물에서 쉽게 벗어나지 못한다고 해도 너무 조급해하거나 두려워할 필요 없어. 물살이 언제 약해질지는 아무도 알 수 없지만, 제아무리 거센 물살도 반드시 끝은 있는 법이라는 걸 알아 둬."

프랫과 노인도 폴의 옆에 붙어 흐트러진 머리와 옷매무새를 만져 주었다. 하얗게 질렸던 얼굴과 푸르뎅뎅하게 변했던 입술이 조금씩 본연의 색을 찾아갔다. 거칠었던 호흡도 정상으로 돌아왔다.

폴은 몸만 일으킨 앉은 자세에서 고개를 옆으로 꺾고, 한쪽 귀를 손바닥으로 탁탁 치며 먹먹해진 귀를 풀었다. 물을 너무 많이 먹어서 속이 메스꺼운 것 빼고는 다행히 크게 다치거나 문제가 생긴 곳은 없는 듯했다.

다만 한번 놀란 마음이 쉽게 진정되지 않았다. 일행도 폴을 배려했는지 그에게 빨리 일어나라고 재촉하지 않았다.

폴은 자신이 몸을 추스를 수 있을 때까지 묵묵히 기다려준 그들이 고마웠다. 한동안 따스하게 내리쬐는 햇볕을 쬐고 있자, 힘이 풀렸던 다리에 조금씩 힘이 돌아오는 게 느껴졌다. 이제 뛰는 건 몰라도 걷는 거라면 어느 정도 할 수 있을 것 같았다.

폴은 옆에 있던 프랫과 노인의 어깨를 잡고 자리에서 일어났다. 하지만 폴이 다시 출발할 준비를 마친 뒤에도 일행은 어쩐 일인지 앞으로 나아갈 기미를 보이지 않았다. 자기 때문에 그러나 싶어 조금 더 기다려 보았지만, 일행은 좀처럼 움직일 줄을 몰랐다.

폴은 그때까지도 미처 알지 못했다.

불과 몇 발짝 떨어지지 않은 곳에 두꺼운 덤불이 그들을 막아서고 있다는 것을.

20

덤불은 날카로운 가시로 이루어져 있었다. 기껏해야 담장 정도의 높이였으나, 서로 얽히고설켜 팔 하나, 다리 하나 들어갈 공간조차 없었다. 있다고 해도 깨진 칼 조각을 두른 것 같은 모습이 위협적이라 누구도 쉽게 다가갈 엄두를 낼 수 없었다.

노인이 용기를 내어 폴의 지팡이로 덤불을 콕콕 찔러보는 게 고작이었다. 프랫도 말은 안 했지만, 자신의 날개가 없는 걸 잔뜩 아쉬워하는 눈치였다. 덤불은 이곳을 지나는 모든 걸 누더기로 만들고 싶었는지, 뾰족한 발톱을 세운 채 일행에게 길을 내주지 않고 있었다.

"저리 비켜 봐."

제이콥은 손바닥에 침을 한 번 뱉더니, 커다란 검을 휘둘러 그것을 싹둑 잘라 냈다. 처음엔 그렇게 길이 나는 줄로만 알았다. 하지만 잘린 덤불은 금세 다시 원래대로 자라나 버렸다. 오히려 더 두꺼워지는 게 아닌가도 싶었다.

"이래서는 끝도 없겠어."

제이콥이 볼멘소리를 하자, 이를 지켜보던 노인이 말했다.

"자네는 이곳에 대해 들어 보지 못한 모양이로군."

"영감은 이곳을 알아?"

노인이 단춧구멍만 한 눈으로 덤불을 주의 깊게 살펴보았다.

"오래전 이곳을 오고 갔던 사람들에게 이야기를 들은 적이 있네. 내 기억이 맞다면 아마 이곳은 '상처의 덤불'일 거야."

옆에 있던 프랫도 가만히 있지 않고 설명을 보탰다.

"이곳은 행복의 여신님에게서 도망치던 불행의 여신이 만들어 놓은 일종의 장벽이에요. 누구도 지나갈 수 없도록 막아놓은 거죠. 당신이 아무리 힘이 세다 한들 이것을 잘라 내려고만 해서는 결코 이곳을 지날 수 없어요."

"뭐? 그런 거였으면 진작 말을 했어야지. 괜히 힘만 뺐잖아. 가만, 너 혹시 일부러 그런 거 아니야?"

프랫은 순간 당황한 기색을 보였지만, 곧 시치미를 뗐다.

"아, 아니에요. 저는 다만 '용서의 양'을 찾고 있었어요."

"용서의 양? 지금 그딴 게 왜 필요해?"

"당연히 덤불을 지나가기 위해서죠. 방금 보신 것처럼 이곳은 아무리 가시를 잘라 내도 다시 자라나거든요. 그래서 여기를 지나려면 가시에 찔려도 아프지 않을 만큼 양털을 옷 안 가득 집어넣어야 해요."

"쳇, 별게 다 귀찮게 하는군."

제이콥은 흙바닥을 걷어차며 엉뚱한 곳에 화풀이했다. 그들의 이야기를 듣고 있던 폴은 궁금함을 참지 못하고 덤불에 손을 가져다 대 보았다. 아니나 다를까, 날카로운 가시가 그의 손 끝을 찔러왔다.

———— ◆ ————

"앗, 따가워."

제이콥은 검을 휘둘러 자신을 공격해 오는 욕심의 벌들을 쫓아냈다. 그는 기사단에서 거절당한 이후, 방황의 성을 빠져나와 무작정 걸어가던 중이었다. 처음엔 넓은 대로변을 걷고 있었으나, 정신을 차려 보니 수풀이 우거진 오솔길을 걷고 있었다.

딱히 정해 둔 곳도 목적지도 없었다. 그저 발길 닿는 대로 향하던 그에게 높이 솟아 있는 회색빛 산이 눈에 들어왔다. 그리 마음에 드는 산은 아니었다. 산꼭대기에 가득 쌓인 눈은 그렇다고 쳐도, 가파른 절벽으로 둘러싸인 모습이 쉽게 정감이 가지 않았다. 하지만 뭔가에 홀리기라도 한듯, 자신도 모르게 산쪽으로 걸음을 옮기기 시작했다.

산은 쥐 죽은 듯이 조용했다. 산세가 험해서인지 본인 외에는 누구도 있는 것 같지 않았다. 제이콥은 힘겹게 비탈길을 오르며, 나중에 돌계단이라도 만들어 두면 좋겠다고 생각했다. 다시는 올 일이 없을 것 같았지만.

참 희한한 일이었다. 제이콥은 산 중턱을 지나다 웬 공터를 발견하고는 멈춰 섰다. 공터는 누군가 자신을 위해 만들었다고 해도 좋을 만큼, 검을 휘두르기에 적당한 모양새를 갖추고 있었다. 바위산 중간이 이토록 매끈히 잘려 나갈 수 있다니. 좀처럼 의문이 가시지 않았다.

'설마….'

머릿속에 얼핏 들었던 천상의 기사가 떠올랐지만, 쓸데없이 이런 곳에 힘을 썼을 것 같지는 않았다. 심지어 그런 존재가 있는지도 확실치 않았다. 차라리 번개가 쳐서 우연히 만들어졌다고 보는 게 좀 더 그럴듯했다.

제이콥은 짐이랄 것도 없는 낡은 헝겊 주머니를 내려놓았다. 가져온 거라곤 옷가지 몇 벌과 간식거리로 챙겨 온 열매가 다였다. 그는 주머니를 베개 삼아 누워 해가 진 하늘을 올려다보았다.

하루 종일 걸은 양으로 보면 피곤할 법도 한데, 잠도 오지 않았다. 오히려 정신이 말똥말똥했다. 구름이 낀 탓인지 별은 보이지 않았고, 가느다란 초승달은 자신이 잘 아는 누군가의 눈썹을 닮아 있었다. 제이콥은 억지로 눈을 감았다. 막사에서 있었던 일이 떠올랐고, 가슴 한편이 아려왔다.

'정말 나에게는 아무런 재능이 없는 걸까?'

'이런 몸으로 기사가 되고자 했던 건, 역시 무모한 일이었나?'

꼬리에 꼬리를 무는 생각들이 안 그래도 복잡한 머릿속을 어지럽혔다. 그러다 문득 바위벽에 세워둔 검을 바라보았다. 어두운 밤에 비친 달빛 때문이었는지, 아니면 원래 그랬던 걸 자신이 이제야 알아차린 건지는 몰랐지만, 검은 밝은 빛을 뿜어내고 있었다. 그 모습은 마치 시끄러운 내면에 집중하지 말고, 자신을 보라고 재촉하는 듯했다.

제이콥은 천천히 자리에서 일어나 다시 검을 집어 들었다.

그리고 세월이 흐르는 것도 잊은 채, 나무꾼이 준 열매를 먹으며 그곳에서 길고 긴 시간을 보내게 되었다.

———— ✦ ————

"언제까지 이렇게 시간만 보내고 있을 거야?"

가시덤불 앞에서 일행이 한참이나 머물러 있자, 제이콥이 답답함을 이기지 못하고 투덜거렸다.

"이상하네, 어째서 하나도 안 보이는 거지?"

제이콥은 의심 가득한 눈으로 프랫을 노려보았다.

"네가 잘못 안 것 아니야?"

"아니에요. 분명 이곳에 용서의 양이 살고 있을 텐데…."

노인도 마침 할 말이 있었는지 그들의 대화에 끼어들었다.

"그러고 보니 예전에 한창 소문이 돈 적 있지. 누군가 이곳의 양들을 한데 모아 기르고 있다고 말이야…."

노인은 폴의 등에 업힌 채로 좌우를 둘러보았다.

"슬픔의 강에서 그리 멀지 않다고 했으니, 아마도 이 근처이지 싶은데…."

제이콥도 그 말을 듣고 같이 주변을 살폈지만, 역시나 보이는 것은 없었다.

"뭐 하나 제대로 되는 게 없군."

결국 참을성이 다한 제이콥이 바람이나 쐴까 싶어 자리를 옮기려는데, 그전까지 수풀에 가려 보이지 않던 낡은 목조 건물의 지붕이 살짝 모습을 드러냈다. 제이콥은 자신이 제대로 본 게 맞는지 확인하기 위해, 아직도 뒤에서 허둥대고 있는 노인을 툭툭 쳐 불렀다.

"이봐, 혹시 저 건물이야?"

노인은 제이콥이 손가락질하는 방향을 보더니, 폴의 어깨를 잡고 목을 길게 뺐다. 그래 봐야 제이콥보다 머리 하나만큼 작았지만, 그것만으로도 충분한 듯했다. 노인은 고개를 크게 끄덕거렸다.

"아마도 저기인 것 같군."

"그래, 저기가 맞아."

제이콥은 기억을 더듬어 방황의 성에 있는 기사단 막사 앞에 도착했다. 세월이 꽤나 흘렀음에도 긴장이 되긴 예나 지금이나 마찬가지였다. 제이콥은 심호흡을 크게 한 번 했다.

"계십니까?"

다시 찾아간 막사 안에는 예전의 눈이 째진 교관 대신 창에 기대어 졸고 있는 경비병의 모습이 보였다. 비스듬히 쓰고 있는 헬멧은 떨어지기 직전이었고, 드르렁드르렁 코 고는 소리가 낮게 들렸다.

"저기…."

불러도 반응이 없자, 제이콥은 헛기침을 크게 두어 번 했다. 그제야 정신을 차린 경비병은 헬멧을 거꾸로 쓰며 벌떡 일어나 경례 자세를 취하려 했다. 하지만 자신의 상관이 아닌, 지저분한 모습의 웬 떠돌이임을 알고 올렸던 손을 내렸다.

"무슨 일이오?"

"안녕하십니까, 기사단원이 되고자 왔습니다만…."

경비병은 도로 자리에 앉으며 허름한 차림의 제이콥을 위아래로 훑었다. 머리끝에서 발끝까지 오가는 시선이 고스란히 느껴졌다.

"어디 출신이오?"

"의심의 마을에서 왔습니다."

경비병은 다시 턱을 괴면서 자려는 듯한 모습을 보였다.

"돌아가시오."

"네?"

"쓸데없는 일에 기운 빼지 말고 돌아가서 본인에게 어울리는 일을 하란 말이오."

"그게 무슨 말씀입니까? 분명 예전에 왔을 때는 최고의 실력을 갖춘 사람을 뽑는다고….'

경비병은 자려고 감았던 두 눈 중 한쪽 눈을 뜨며 말했다.

"대체 언제 적 얘기를 하는 거요? 아무도 이 성을 쳐들어오지 않는데, 구태여 실력 있는 사람을 뽑을 필요가 있겠소?"

경비병은 말하는 와중에도 몇 번이나 하품을 해댔다.

"지금의 기사단은 그저 명망 있는 가문의 자제들에게 이름 있는 자리를 내주기 위해 존재하는 거요. 당신 같은 뜨내기들이 들어올 수 있는 곳이 아니란 말이지. 내 말을 알아들었으면 어서 돌아가시오."

제이콥은 순간 하늘이 노랗게 변하는 듯했다. 예전 기사단 교관의 말만 믿고 오랜 세월을 칼만 휘둘러온 그였기에, 지금 상황이 쉽게 받아들여지지 않았다. 한참을 멍하니 서 있다가 떨어지지 않는 발길을 돌리려 할 때였다.

"그렇게 실력에 자신이 있다면 마을에 있는 도박장에 한 번 가보시오."

자는 줄로만 알았던 경비병이 제이콥의 등에다 대고 잠꼬대 하듯 말했다. 제이콥이 그를 향해 고개를 돌리자 경비병은 다시 말을 이었다.

"도박장 지하에 격투장이 있소. 매주 싸움판이 열리는 곳이니 정 할 게 없다면 거기라도 가보시오."

제이콥은 쓰고 있던 후드를 벗으며 감사의 인사를 건넸다.

———— ·•— ————

"인사는 됐네. 용건이 뭔가?"

낡은 목조 건물의 주인은 아침부터 자신의 집 문을 두들기는 일행을 보며 짜증이 가득한 목소리로 물었다. 그러자 불편한 표정을 짓고 있는 제이콥을 대신해 노인이 나섰다. 자신이라도 좋은 인상을 주고 싶었지만, 노인의 외모도 결코 호감은 아니었다.

"다름이 아니라 저희는 상처의 덤불을 지나려는 사람들입니다. 혹시 이곳에서 용서의 양털을 좀 얻을 수 있겠습니까?"

주인은 아직 잠이 덜 깬 눈으로 대꾸도 없이 문을 닫아 버렸다. 이미 이런 상황을 숱하게 겪어 본 듯한 대응이었다. 그는 뒷이야기를 들어볼 생각도 않고, 말도 섞기 싫다는 듯 걸쇠까지 잠가 버렸다. 닫힌 문틈 사이로 주인의 대답이 새어 나왔다.

"그런 건 없네."

도박장 지배인은 제이콥의 부랑자 같은 행색을 보더니, 이곳에 격투장 같은 건 없다며 그를 쫓아내려 했다. 하지만 경비병의 소개를 받고 찾아왔다고 하자, 마지못해 천으로 덮어 둔 통로로 안내했다.

"이쪽이오."

지하로 향하는 계단 끝에는 감옥에나 있을 법한 두꺼운 철창살이 설치되어 있었다. 그 너머로 육중한 몸집의 남자가 사람들을 가로막고 무언가를 확인하는 중이었다. 남자는 외모부터 심상치 않았다. 머리는 칼로 밀어 반질반질했고, 웃옷을 걸치지 않은 몸에는 커다란 전갈 문신이 그려져 있었다. 혹여 길거리에서 만났다면 시비가 걸릴까 싶어 멀리서도 피해 갈 만한 인상이었다. 제이콥이 철창살로 다가가자 남자가 대뜸 물어왔다.

"무슨 일로 왔나?"

철창살을 앞에 두고 있자니, 제이콥은 왠지 모르게 죄수가된 기분이었다. 사실 입고 있는 옷도 죄수복보다 그리 낫다고할 수 없었다.

"이곳에서 매주 싸움이 열린다고 들었소. 혹시 내가 낄만한자리가 있겠소?"

관리인은 천천히 제이콥을 살펴보았다. 눈매는 또렷했고 날렵한 인상을 가지고 있었지만, 호리호리한 체격이 내심 마뜩잖았다.

"괜찮겠소? 이건 애들 장난이 아니오. 불구가 되거나 목숨을 잃어도 이곳에서 책임지지 않소."

제이콥은 망토로 가려진 자신의 팔을 보여 주었다.

"걱정해 주어 고맙소."

관리인의 눈동자가 한껏 커졌다. 그는 제이콥을 보는 눈을 달리해 다시 물었다.

"그런 몸으로 이곳에 찾아오다니…. 뭔가 믿는 구석이라도 있는 거요?"

"사실 난 기사가 되기 위해 오랫동안 내 몸을 단련해 왔소. 그러니 속는 셈 치고라도 나를 한번 써본다면, 적어도 후회는 하지 않을 거요. 게다가 외팔이가 경기를 한다고 하면 사람들도 관심을 많이 가질 테고."

관리인은 눈을 감고 턱을 한참이나 문질러 댔다. 제안이 솔깃했던 모양이었다. 머리카락을 대신해도 좋을 만큼 풍성한 턱수염이 그의 손을 따라 이리저리 움직였다. 가만 놔두었다면 사방으로 퍼져 나갔을 굵은 수염 가닥이 머리 땋듯 곱게 땋아져 있었고, 중간중간 금색 링까지 끼워져 있어, 안 그래도 무거운 수염이 더욱 무거워 보였다. 제이콥은 그가 태어나 한 번도 면도를 안 했다는 것에 전 재산인 은화 두 개를 모두 걸 수도 있었다.

"말론!"

제이콥이 찾아온 용무도 잊고 턱수염을 구경하는 동안, 관리인은 마음을 정했는지 근처에 있던 누군가를 불러 귓속말을 건넸다. 곧 굳게 닫혀 있던 철창살이 열렸다.

"좋소, 하지만 아무리 그렇다 해도 이곳엔 나름의 규칙이 있소. 우선 테스트는 해 봐야 하니 너무 불쾌하게 생각하지 마시오."

그는 몸을 틀어 제이콥이 지나갈 수 있도록 길을 터 주었다. 철창살 너머엔 희미한 빛을 내는 전등이 녹슨 쇠사슬에 묶여 일렬로 쭉 늘어져 있었다. 복도는 그리 길지 않았는데, 끝에는 오크나무로 만든 튼튼한 문이 한 뼘쯤 열려 있었다.

문의 손잡이를 잡아당기자, 눅눅한 곰팡내와 시큼한 땀 냄새, 그리고 피 냄새가 확 풍겨왔다. 훈련장으로 보이는 곳이었다. 하지만 제이콥은 안으로 발을 들여놓을 수 없었다. 웬 시커먼 몸뚱어리가 그의 앞을 막아섰기 때문이다. 조금 전 관리인만큼이나 커다란 근육을 가진, 마찬가지로 몸에 전갈 문신을 한 남자였다.

그는 눈을 부라리며 제이콥을 내려다보고 있었다.

———◆———

"한방에 나가떨어져 버렸네요!"
프랫은 제이콥이 멧돼지 잡는 모습을 보고 크게 소리를 질렀다. 제이콥도 내심 기분이 좋았는지, 그답지 않게 밝은 미소를 지어 보였다.

"사람은 머리를 쓸 줄 알아야 해."

제이콥이 검지로 자신의 관자놀이를 두들겼다.

"요즘 같은 세상에 그렇게 무턱대고 찾아가면 쫓겨나는 게 당연하지. 내가 하는 걸 잘 봐 둬. 자고로 사람 사이의 일이란, 먼저 가는 게 있어야 오는 것도 있는 법이니까."

제이콥은 짧은 기합만으로 쓰러진 멧돼지를 둘러멨다. 호기심 많은 프랫이 송곳니가 삐죽 튀어나온 멧돼지의 얼굴을 몇 차례 건드려 보았으나, 기절한 멧돼지는 쉽게 깨어나지 않았다.

"따라와."

일행은 제이콥을 따라 전에 들렀던 목장으로 향했다.

21

똑똑똑.

문을 두들긴 뒤 약간의 시간이 지나자, 문이 빼꼼 열리며 또다시 심드렁한 표정의 얼굴 하나가 모습을 드러냈다. 아까와 달라진 거라면, 조금 더 화가 나 있다는 것이었다. 이번엔 정말 물벼락이라도 끼얹을 태세였다.

"아까는 급하게 오느라 깜박하고 빈손으로 왔지 뭡니까."

주인이 다시 문을 닫으려 하는 순간, 제이콥이 이를 놓치지 않고 잽싸게 문을 잡았다. 그러면서 조금 전에 잡아 온 멧돼지를 문 앞으로 들이밀었다. 주인은 살이 오를 대로 오른 통통한 멧돼지를 보고는 눈빛이 흔들리는가 싶더니, 문을 열고 일행을 안으로 불러들였다.

"들어오시오."

———◆———

경기장 안으로 들어서자 사람들의 뜨거운 열기가 전해져 왔
다. 예상보다 훨씬 더 많은 사람이 저마다 함성을 지르거나, 날
카로운 휘파람 소리를 내며 분위기를 고조시키고 있었다. 그리
고 맞은편에는 자신을 잡아먹을 듯이 노려보는 한 남자가 있었
다. 얼굴에 흉터가 가득한 남자는 제이콥의 주위를 빙빙 돌며
탐색전을 하다가 차갑게 말을 걸어왔다.

"네가 이곳 문지기를 순식간에 기절시켰다는 그 촌뜨기 외팔
이 놈이냐?"

제이콥은 굳이 대답하지 않은 채 묵묵히 그를 바라보았다.
남자는 흉터가 더 도드라져 보이도록 있는 힘껏 인상을 썼지
만, 제이콥은 지나가는 개가 하품하는 것을 본 정도로만 반응
했다. 때마침 종이 요란하게 울려댔다.

"어디, 그 잘난 실력 좀 볼까?"

남자는 핏줄이 불룩 튀어나온 두 주먹을 서로 부딪치며 겁을
주었다. 하지만 역시나 제이콥은 눈도 깜빡이지 않았다. 침착함
을 잃어 버린 건 오히려 남자 쪽이었다. 온갖 도발에도 불구하
고 동요하지 않는 상대의 모습에, 약이 바짝 오른 남자가 사납

231

게 덤벼들며 말했다.

"소문은 언제나 과장되기 마련이지."

———— ◆ ————

"소문대로군요."

목장 주인이 살고 있는 집에는 양으로 만들어진 온갖 종류의 물건들이 즐비했다. 바닥에 깔린 도톰한 카펫이며, 푹신한 방석은 솜씨 좋은 장인이 양털로 만든 듯 보였다. 그뿐만이 아니었다. 소파도, 의자도 모두 양가죽을 덧대 만들어진 가구들이었다.

"이쪽으로 오게."

주인은 일행을 응접실로 안내했다. 벽난로 위에는 뿔이 도드라지는 양의 머리가 박제되어, 거실에서 가장 잘 보이는 위치에 자리 잡고 있었다. 제이콥은 어디선가 양이 몇 마리 튀어나오지 않을까 싶어 주위를 두리번거렸다.

주인은 일행에게 김이 모락모락 나는 차를 건넸다. 무엇을 넣고 끓인 건지는 몰라도 손톱만 한 잎사귀 몇 개가 둥둥 떠 있었다. 여행을 떠난 이후, 따뜻한 음료로 속을 달래는 건 정말 오랜만이었다. 향도 그만하면 나쁘지 않았다.

"양털은 왜 구하려는 건가?"

확실히 처음 만났을 때보다는 훨씬 누그러진 태도였다.

"사정이 있어서 이곳 근처에 있는 가시덤불을 지나가야만 합니다. 듣기로 이곳에서 키우는 양의 털이 있으면 그곳을 넘어 갈 수 있다고 해서 말이죠."

제이콥도 최대한 예의를 지켜가며 말했다.

"미안하지만 그건 어려울 것 같군."

주인은 또다시 그들의 부탁을 거절해 왔다.

"아까 잡아 온 멧돼지 정도로는 부족하단 말입니까?"

제이콥의 실망스러운 눈빛을 보고 주인은 마시던 차를 내려 놓았다.

"그게 아닐세. 이곳은 한때 자네 말처럼 양털을 팔아 생계를 유지하던 곳이네."

주인은 아직 반도 마시지 않은 차를 치우고, 탁자 한쪽 끝에 놓여 있던 파이프 담배를 입에 물었다. 차에서 나오는 것보다 조금 더 진한 연기가 퍼져 나갔다. 그는 심호흡하듯 한 차례 깊이 숨을 들이마시더니, 다시 길게 내쉬었다.

"내 아내가 사라지기 전까지는 말이지."

——— ✦ ———

그가 나타난 후로 경기장은 예전보다 더 큰 활기를 띠었다. 갑자기 등장한 정체불명의 외팔이가 우락부락한 싸움꾼들을 상대로 연전연승을 이어갔고, 사람들 사이에선 줄곧 그에 관한 말들이 입에 오르내렸다. 철없는 동네 꼬마는 멀쩡한 팔을 소매 안으로 집어넣고 칼싸움을 하기도 했다.

"제발 부탁드립니다."

제이콥은 여느 때처럼 대진표를 확인하기 위해 도박장으로 향하는 중이었다. 그가 막 입구에 들어서려는데, 관리인이 웬 남자와 실랑이하는 모습이 보였다. 남자는 애원하는 표정으로 무언가를 한참 설명했고, 관리인은 어쩔 수 없다는 듯 고개를 끄덕였다. 남자는 연신 허리를 숙이며 감사를 표한 뒤에 그곳을 벗어났다.

"무슨 일인가요?"

제이콥이 관리인에게 다가가 물었다.

"아내가 아프다는군. 수술비로 돈이 많이 필요한 모양이야."

제이콥은 남자가 사라진 쪽을 바라보았다.

"돈을 빌리러 왔나요?"

"아니."

제이콥의 고개가 다시 관리인을 향했다.

"자네와 붙게 해 달라는군."

"저하고요?"

"그래, 아마도 이곳에서 가장 유명한 자네와 경기를 펼치게 되면 자신에게 돌아오는 배당금이 클 거라는 계산에서겠지. 뭐, 자네랑은 상대가 안 되겠지만. 아무튼 이번 경기에 대해 기분 나쁘게 여기지 말게. 그저 몸 좀 풀고 쉬어가는 경기쯤으로 생각해 두라고."

"원한다면 쉬어가도 좋네. 멧돼지 값은 치러야 하니까."

"말씀은 고맙지만, 저희도 갈 길이 바빠서 말이죠. 부인 일은 유감입니다. 뭔가 사정이 있으셨나 보군요."

주인은 오래전 일을 기억하려는 듯 소파에 몸을 깊게 기댄 채 눈을 감았다.

"아내는 손재주가 좋은 사람이었지. 어쩌면 나 같은 놈에게 주어진 유일한 행운이었는지도 몰라. 실은 나도 한때 저 상처의 덤불을 지나려던 사람이었네. 젊은 시절에 아무도 저곳을 지날 수 없다는 말을 듣고 호승심이 생겼던 모양이야."

주인은 파이프를 입에 물고도 정확한 발음으로 말을 이어 나갔다.

"하지만 아무리 저 가시를 피해 조심히 넘어가려 해도 결국엔 몸 곳곳에 상처가 남더군. 하다 하다 지쳐서 포기하려 할 때, 때마침 슬픔의 강을 건너온 아내를 만났지."

주인은 한 번 더 길게 연기를 내뿜었다. 한숨을 쉬는 건지 담배 연기를 내쉬는 건지 구분이 되지 않았다.

"아내는 정 그곳을 넘어가고 싶으면 양털로 망토를 만들어보면 어떻겠느냐고 물었네. 나는 그럴 만한 재주가 없다고 했고, 아내는 자신이 도와주겠다고 했지. 처음엔 말뿐이라고 생각했지만, 아내는 정말로 팔을 걷어붙이고 내 일을 도와주더군. 우린 그렇게 양털을 모으며 서로를 알아갔고, 지금 이곳에 정착하게 되었네."

주인은 옆에 놓인 작은 은제 그릇에 재를 떨다가 재가 바지에 떨어지는 바람에 잠시 이야기를 멈춰야 했다.

"내가 어디까지 얘기했더라…. 그래, 우리가 목장을 짓고 난 뒤로 좋은 일이 정말 많았지. 어디 내놔도 흠잡을 데 없는 망토가 만들어졌고, 무엇보다 사랑하는 딸아이가 태어났으니까. 아이 키우랴, 찾아오는 상인들 상대하랴, 눈코 뜰 새 없이 바빴지. 그래도 지금 돌이켜보면 행복한 하루하루였어."

폴은 이대로 이야기가 해피엔딩으로 끝나길 바랐지만, 주인이 얘기하려는 건 이제부터였다.

"하지만 쉽게 찾아온 행복은 그리 오래가지 않는 모양이야. 어느 날 아내가 꼭 찾아야 할 사람이 있다면서 방황의 성에 가고 싶다고 하더군. 나는 그게 무슨 소리냐며 말렸지. 우리 목장에는 그 어느 때보다 많은 손님과 해야 할 일들이 있었으니까. 내가 허락하지 않자 아내는 실망한 기색을 보이긴 했지만, 그 후로 더는 요구하지 않더군. 그래서 나는 아내가 체념한 줄로만 알고 있었는데…. 결국 내가 집을 비운 사이 딸아이와 함께 사라져 버리고 말았네. 미안하다는 편지만 남기고 말이야."

희뿌연 담배 연기 너머로 주인의 눈시울이 붉어져 있었다. 연기가 너무 매워서 그런 건 아닌 것 같았다.

"아내가 떠난 후로 나는 아무것도 할 수가 없었네. 키우던 양

들마저도 하나둘 전부 팔아 버렸지. 아쉽지만 자네들에게 줄 양털도 없을뿐더러, 망토를 만들던 아내도 없는 걸 어쩌겠나. 그러니 너무 서운해하지 말게."

주인의 이야기를 들은 일행은 더 이상 양털에 관한 말을 꺼낼 수 없었다. 잠이 올 정도로 푹신푹신했던 소파가 갑자기 앉아 있기에 불편해졌다. 제이콥은 내려 두었던 짐을 다시 주워 들었다.

"실례가 많았습니다. 아무래도 다른 방법을 찾아봐야 할 것 같군요."

주인도 같이 자리에서 일어났다. 푹 꺼졌던 소파가 점점 원래 모양을 잡아갔다.

"아마도 그건 어려울 걸세. 이제껏 용서의 망토 없이 저곳을 넘어간 사람은 보지 못했으니까."

"그래도 하는 수 없지요, 뭐라도 해 보는 수밖에요. 어쨌든 감사했습니다."

일행은 아쉬움을 잔뜩 남긴 채, 주인에게 인사를 하고는 문을 열고 밖으로 나갔다.

———◆———

문밖을 나서자 어디선가 울음을 참는 소리가 들려왔다. 주변을 살펴보니 조금 전 관리인에게 부탁하던 덩치 좋은 남자였다. 그는 길모퉁이에 앉아 술병을 손에 들고 혼잣말을 중얼거리고 있었다.

"조금만 기다려…."

남자가 눈물을 닦으며 자리에서 일어나려 하자, 제이콥은 못 본 척 그곳을 떠났다.

———— ◆ ————

"잠깐 기다리게!"

주인은 목장을 막 떠나려는 일행을 붙잡았다. 주인은 폴이 허리춤에 묶어 놓은 모포를 발견하고는, 그것을 거의 빼앗다시피 가져가 손에 들고 물었다.

"자네, 이게 어디서 났나?"

"제가 직접 만든 거예요."

"그게 정말인가?"

주인은 믿지 못하겠다는 얼굴로 폴과 모포를 번갈아 가며 살폈다. 주인은 코가 닿을 듯 모포를 가까이서 확인하고 나서야 미안해하며 다시 돌려주었다.

"이런, 무례를 용서하게. 이렇게까지 양털을 잘 다루는 사람이 아내 말고 또 있을 줄이야. 그보다 어서 상처의 덤불로 가보게나."

주인의 말에 폴이 의아해하며 물었다.

"조금 전까지 용서의 망토 없이는 그곳을 지날 수 없다고 하셨잖아요?"

주인도 폴과 같은 표정으로 되물었다.

"자네가 이미 가지고 있지 않은가?"

———— ◆ ————

시드는 가지고 있던 마지막 담배를 입에 물었다. 하지만 채 몇 모금 피우지 않고 바닥에 비벼 끄고는 경기가 열리는 도박장 지하로 향했다.

지하의 경기장에는 이미 겁 없는 도전자를 보기 위해 온 사람들로 발 디딜 틈 없이 북적거렸다. 경기 시작을 알리는 종소리가 울렸지만, 함성에 묻혀 종을 친 사람과 그 주변에만 겨우 들릴 정도였다. 어떤 사람은 경기가 시작되었는지도 모르고 있다가 앞사람이 환호하는 모습을 보고 뒤늦게 경기에 집중하기도 했다.

사실 그것은 보나 마나 한 경기였다. 사람들은 누가 이길지 승패보다 새로운 도전자가 몇 라운드까지 버틸지, 몇 대나 맞고 기절할지를 두고 자기들끼리 내기를 하고 있었다. 아무도 시드를 응원하지 않았다.

시드는 그날따라 매서운 눈매를 하고 있었지만, 그렇다고 해서 실력이 크게 는 것은 아니었다. 다만 그 어느 때보다 간절히 주먹을 날릴 뿐이었다. 마치 이 경기에 인생 전부가 걸리기라도 한 것처럼 시드는 조금도 물러서지 않았다.

"한방에 눕혀 버려!"

"얼굴을 노리란 말이야!"

그런데 무슨 이유에서인지 상대는 예전이었으면 피하고도 남았을 시드의 주먹을 제대로 피하지 못하고 있었다. 상대의 화려한 전적을 생각하면 이건 못 피하는 게 아니라, 안 피한다고 봐야 했다. 심지어 힘을 다해 주먹을 뻗지도 않았다.

빠르게 날아온 주먹은 닿기 직전 시드를 스치고 지나갔다. 반대로 시드가 내지른 주먹은 정확히 상대의 얼굴과 복부에 가서 꽂혔다. 꼭 일부러 맞아 주기라도 하듯이.

시드는 뭔가 이상함을 느끼긴 했지만, 다른 걸 생각할 여유가 없었다. 무엇보다 곁에서 보기엔 전혀 티가 나지 않았다. 경기는 오래도록 지속되었고, 결국 상대는 차가운 바닥에 힘없이 드러눕고 말았다.

불 꺼진 경기장을 나서는 제이콥을 향해 문지기가 물었다.

"겨우 한 번 진 것 가지고 떠나려는 건가?"

"경기에 져서 그런 게 아니야."

"그럼?"

"잊고 있던 약속이 떠올랐거든."

제이콥은 갈색 후드를 푹 눌러쓰며 상처가 난 얼굴을 가렸다.

"모른 척 넘어가 줘서 고마워. 대신 지금까지 내가 번 돈은 여기다 두고 갈게. 그동안 신세 많이 졌어."

제이콥이 커다란 금화 자루를 벤치에 올려 두었으나, 문지기는 그쪽으로 시선도 주지 않았다.

"어디로 가는 건가?"

"그건 잘 모르겠어."

"갈 곳도 모른다라…. 자네답군. 그러면 언제 갈 생각인가?"

문지기가 취조라도 하듯이 물었으나, 제이콥은 특별히 기분 나빠하지 않았다. 다만 마지막 대답이 조금 늦어졌다.

"글쎄…. 아마도 다음번 달이 가장 높게 뜨는 날."

22

모포를 뒤집어쓴 채 상처의 덤불을 빠져나온 폴은 갑자기 느껴지는 뜨거운 바람에 당황했다. 지금껏 느껴본 적 없는 답답함이 그의 가슴을 가득 메웠다. 폴이 급하게 모포를 벗으며 프랫에게 물었다.

"대체 여기는 어디야?"

프랫 역시 흐르는 땀을 닦고 있다가 얼른 지도를 들추어 보았다.

"이곳은 '기다림의 사막'이야. 한때는 기다림의 초원이라 불렸지만, 지금은 사막으로 변해버린 곳이지. 이제 이곳만 지나면 행복의 섬으로 가는 배를 탈 수 있어."

폴은 그 말에 기운이 났는지, 더운 숨을 몰아쉬면서도 걸음을 늦추지 않았다. 하지만 마음이 앞서는 것에 비해 좀처럼 속도가 붙지 않았다. 제자리를 맴도는 듯한 착각마저 들었다.

"헉, 헉."

처음 방황의 성을 나설 때 신었던 신발은 다 해져서 밑창이 덜렁거리고 있었다. 몇 번이나 꽉 묶었던 가죽 끈도 이미 끊어진 지 오래였다. 사막의 열기가 발바닥을 통해 고스란히 전해져와 마치 불 위를 지나는 느낌이었다. 점차 걷는 게 힘들어졌다.

작열하는 태양 아래를 지나는 것만도 버거운 데, 연거푸 모래폭풍이 불어닥쳤다. 이제는 눈을 제대로 뜰 수조차 없었다. 자잘한 모래 알갱이가 코와 입은 물론, 옷 안까지 파고들어 몸 전체를 흙투성이로 만들었다. 폴은 몇 번이나 침을 뱉어 냈지만, 여전히 모래가 씹혔다. 나중엔 입안에 침마저 말라 갔다.

'더는 못 걷겠어.'

시간이 흐를수록 점점 대열이 흐트러졌다. 체력만큼은 자신 있던 폴은 어디 가고, 한 발짝 내딛는 것도 헐떡이는 폴만 남아 쓰러질 듯 위태롭게 걸어갔다. 그것도 굵은 식은땀까지 흘리면서.

아까부터 폴이 신경 쓰인 제이콥이 냉랭하게 말했다.

"애송이, 너까지 짐이 될 생각이냐? 하여간 도움이 안 되는 녀석일세."

제이콥은 자신의 검을 잠시 모래에 꽂아두고, 폴이 업고 있던 노인을 자신의 등으로 옮겨 맸다. 노인도 거절하지 않고 그에게 손을 뻗었다. 노인은 살짝 미끄러질 뻔했지만, 제이콥이 한 팔의 힘만으로 그를 들어 올렸다.

"꽉 붙잡으라고, 영감. 난 저 녀석이랑 달라서 떨어지기라도 하면 그대로 두고 갈 테니까."

노인은 제이콥의 어깨를 단단히 붙잡았다.

"신세를 지는군."

———◆◆———

제이콥은 검 쓰는 법을 알려 주기로 한 나무꾼을 기다리며 오두막 앞에 앉아 생각에 잠겨 있었다. 바람을 타고 이름 모를 꽃잎들이 눈처럼 흩날리다가, 그의 어깨에 하나둘 내려앉았다.

나무꾼은 잠시 자리를 비운 상태였고, 마당에는 웬 어린아이 하나가 정신 사납게 돌아다니고 있었다. 나무꾼이 얼마 전 불안의 숲에서 구했다는 아이인 것 같았다.

나무를 타기도 하고 풀벌레를 잡기도 하던 아이는 갑자기 제이콥 근처로 오더니, 무언가를 열심히 찾기 시작했다.

"꼬마야, 뭘 하고 있니?"

아이는 작은 바위를 들추다 말고 제이콥을 바라보았다.

"보물찾기를 하고 있어요."

"보물이라고? 그래, 많이 찾았니?"

제이콥이 최대한 놀라 주는 척 물었다. 그러자 무슨 큰 비밀이라도 알려 주는 양 아이는 목소리를 한껏 낮췄다. 주위를 몇 차례 두리번거리기까지 했다.

"제가 오늘 찾아낸 보물은 모두 일곱 개예요."

"일곱 개나? 어디서 그렇게 많이 찾은 거니?"

제이콥이 이번엔 정말 놀라서 물었다.

"이 근처에서 찾았어요."

"대단하구나, 아저씨에게도 한번 보여 줄래?"

아이는 단호하게 고개를 가로저었다.

"그건 보여 줄 수 없어요."

제이콥은 아이를 안심시켰다.

"아저씨는 나쁜 사람이 아니야. 절대로 뺏어가지 않는다고 약속하마."

"그런 뜻이 아니에요. 제 말은 그건 볼 수 있는 게 아니라는 거예요."

"볼 수가 없다고?"

"그건 그러니까…."

제이콥은 아이가 무슨 말을 하나 싶어 잠자코 대답을 기다렸다.

"제가 오늘 찾아낸 보물은 나무 사이로 시원하게 불어오는 바람과 기분이 좋아지는 따뜻한 햇볕, 그리고 새들의 아름다운 노랫소리 같은 것들이에요. 아저씨가 원한다면 얼마든지 드릴

게요."

아이의 천진난만한 얼굴을 보며 제이콥은 잠시 아무 말도 할 수가 없었다. 갑자기 사슴벌레와 잠자리를 잡는 것만으로도 행복하던 어린 시절이 떠올랐다.

"그것참 고맙구나. 그런데 어떡하지? 아저씨는 가진 게 없는데…."

아이는 어깨를 으쓱해 보였다.

"걱정하지 마세요. 사람은 어차피 서로 돕고 사는 거니까요. 대신 아저씨도 언젠가 제가 도움이 필요할 때 저를 도와주시면 돼요."

제이콥은 눈썹을 꺾으며 빙그레 미소 지었다.

"그래, 꼭 약속하마."

"고마워요, 아저씨. 저는 언젠가 세상을 여행하는 모험가가 될 거예요. 사람들은 모두 제가 할 수 없다고 말하지만요."

"신경 쓰지 말거라. 사람들은 자신이 하지 못한 걸 남에게도 할 수 없다고 하니까. 넌 분명 될 수 있을 거야."

"정말요?"

"물론이지."

아이는 앉아 있는 제이콥의 등에 안기더니, 그를 꼭 끌어안았다. 제이콥은 등 뒤에 매달린 아이를 향해 물었다.

"그런데 네 이름은 뭐니?"

귀여운 아이가 밝게 웃으며 대답했다.

"제 이름은 할이에요."

———◆———

"아니, 어떻게 그걸 모를 수 있는 거야?"

제이콥은 프랫을 나무랐다. 앞장서서 뛰어갈 땐 언제고, 지금은 자리에 멈춰서 뒤통수만 긁적이고 있었다. 프랫이 한껏 억울한 목소리로 대꾸했다.

"그야 여긴 온통 모래뿐이니까요."

프랫은 지도를 똑바로 폈다가 다시 뒤집어 들기도 했지만, 좀처럼 방향을 잡지 못했다.

"이대로 무작정 걷다가는 행복의 섬과 상관없는 곳으로 가게 될지도 모르겠어요. 아무래도 기다려야 할 것 같아요."

"뭐? 또 약속의 시간인지 뭔지 그거 말이야?"

"아니요, 가장 어두워질 때까지요."

———◆———

어두워진 기다림의 초원을 가로지르는 더 짙은 어둠의 그림자가 있었다. 그림자는 무언가에 쫓기기라도 하듯 빠른 속도로 이동하다가 갑자기 움직임을 멈추었다. 자신을 가로막는 환한 빛이 있었기 때문이다. 빛에서 목소리가 흘러나왔다.

"게헨나, 어서 네가 가져간 것들을 돌려줘. 꿈과 용기, 사랑이 없으면 인간은 또다시 힘들게 살아가게 될 거야."

이번엔 어둠이 얘기했다.

"시끄러워, 루셈다. 네가 희망을 만들지만 않았어도 나도 이렇게까지 하지는 않았어. 모든 건 다 네 잘못이야. 너 때문에 내가 만든 감정이 모조리 쓸모없어져 버렸단 말이야!"

어둠은 말을 끝마치기 무섭게 빛에게로 달려들었다. 빛도 다가오는 어둠을 피하지 않았다. 빛과 어둠이 맞닿는 순간 거대한 회오리바람이 일었고, 수천 갈래의 벼락이 지상으로 떨어져 내렸다. 그렇게 빛과 어둠이 뒤섞인 채로 여러 날이 지나갔다.

마침내 혼란이 그쳤을 때, 그곳에는 빛이 어둠을 내려다보고 있었다. 초록빛 일색이던 초원은 황무지로 변해 버렸고, 초원을 뛰어놀던 동물은 모두 자취를 감춘 뒤였다. 바람이 불 때마다 어둠의 형체가 조금씩 공중에 흩날렸다. 어둠은 그 모습을 완전히 잃기 전 가까스로 입을 열었다.

"이게 끝이라고 생각하지 마, 루셈다. 내 흩어진 조각들이 인간을 찾아가 네가 만든 것을 결코 찾지 못하도록 할 테니까. 난 그들에게 과거의 잘못과 미래의 걱정거리를 쉬지 않고 속삭여 줄 거야. 넌 결코 날 이길 수 없어."

말을 마친 어둠은 완전히 사라져 버렸다. 그리고 어둠에서 떨어져 나온 조각들이 마치 밤하늘의 별처럼 사방으로 퍼져 나갔다.

"시간이 된 것 같구나."

노인이 조금씩 밝아오는 밤하늘의 별을 보며 말했다. 프랫은 그 수많은 별 가운데 하나를 가리키며 소리쳤다.

"저거예요!"

그들의 대화를 듣고 있던 폴이 궁금한 얼굴로 물었다.

"뭘 말하는 거야, 프랫?"

"폴, 너는 우리가 지금까지 뭘 기다렸는지 알아?"

"어둠이잖아."

프랫의 질문에 폴이 당연한 듯 대답했다. 하지만 프랫은 고개를 가로저었다.

"아니, 그 정반대야. 우리가 기다린 건 빛이야."

"빛이라고?"

"그래, 지금 우리들 앞에 떠 있는 '꿈의 별'은 언제나 행복의 섬이 있는 곳을 가리키고 있거든. 날이 밝을 때는 잘 보이지 않지만, 지금처럼 밤이 되면 저렇게 모습을 드러내곤 하지. 그래서 우리는 기다려야만 했던 거야. 가장 어두운 시간에 밝게 빛나는 저 꿈의 별을. 우리는 저 별을 따라 걸을 때만 길을 잃지 않을 수 있으니까."

일행은 별을 나침반 삼아 고요해진 사막을 하염없이 걸어갔다. 하지만 어둠이 깊어지는 만큼 노인의 숨소리도 점점 약해지고 있었다. 제이콥은 노인이 어느덧 삶의 막바지에 다다르고 있음을 본능적으로 알 수 있었다.

"괜찮겠어, 영감? 그러게 어쩌자고 따라나선 거야?"

노인은 제이콥이 말하는 와중에도 마른기침을 몇 번이나 해 댔다.

"늙은이의 마지막 소원이었다고 생각해 주게. 나에게도 꿈이라는 게 있었으니 말일세."

제이콥은 아무런 대꾸도 하지 않았다. 그러다 한참이 지나고 나서야 다시 입을 열었다.

"영감, 죽어간다는 건 어떤 기분이지?"

노인은 제이콥의 갑작스러운 질문에 놀란 듯했으나, 이내 편안한 미소를 지었다.

"나쁘지 않네. 가끔씩 후회가 드는 것만 뺀다면."

"후회? 영감이 그런 것도 한다고?"

"나라고 왜 후회가 없겠나. 그래도 자네들과 이렇게 마지막 여행을 할 수 있게 되어서 그나마 다행이야. 적어도 가장 큰 후회는 남기지 않게 되었으니까…."

노인은 잠시 말을 멈추고 생각에 잠겨 있다가 느릿해진 입술을 움직였다.

"어린 시절에는 인생이 굉장히 긴 것만 같았지. 하지만 나이가 들고 보니 인생은 너무도 짧은 것이었어."

노인은 힘들게 숨을 고르며 말을 이었다.

"그리고 생의 마지막에 와 보니 확실히 알겠더군. 인생은 딱 적당했다는 걸."

"그게 무슨 소리야?"

제이콥이 이해가 안 된다는 투로 묻자, 노인은 천천히 하늘로 시선을 옮겼다.

"자네는 신이 인간에게 왜 영원한 생명을 허락지 않았는지 혹시 생각해 본 적 있나?"

"미안하군. 난 그런 한가한 생각을 할 사람이 못 돼."

노인은 제이콥의 무심한 반응에도 굴하지 않고 이야기를 계속해 나갔다.

"만약 인간에게 영원한 시간이 주어졌다면, 아마도 꼭 해야 할 일들을 나중으로 미룬 채 살아갔을 걸세. 어쩌면 신은 인간의 그런 모습을 원치 않아서 한정된 시간만을 주었는지도 몰라. 살아 있는 동안 그들이 진정으로 원하는 일을 하게끔 하려고 말이지. 이제 와 인생을 돌이켜 보니, 그 주어진 시간은 불평하고 원망하며 살기에는 너무도 짧은 것이었고, 감사하고 사랑하며 살기에는 충분히 긴 것이었네."

노인은 말을 많이 하자 숨이 가빠 왔는지 또다시 기침을 해 댔다. 그는 얼마 남지 않은 숨을 아껴 쓰기라도 하듯 가느다란 목소리로 말했다.

"그리고 꿈을 이루기에는 딱 적당한 시간이었어."

말을 마친 노인은 기력이 다한 나머지, 제이콥의 몸을 더욱 바짝 끌어안았다. 평소 씻지 않은 몸에서 나던 냄새가 더욱 심하게 전해져 왔다. 노인은 꽉 붙잡으라는 제이콥의 경고도 잊고 꾸벅꾸벅 졸기 시작했다. 곧 작게 코까지 골았다.

제이콥은 그런 노인을 아랑곳하지 않고, 별이 이끄는 대로 모래벌판을 걷고 또 걸어갔다.

23

다음 날이 되어서야 일행은 겨우 광활한 사막을 지나 바닷가에 도착할 수 있었다. 다행히 모래 폭풍이 멎었고, 햇빛도 전보다 훨씬 부드러워졌다. 폴은 비로소 숨통이 트이는 것 같았다. 바닷바람은 소금기를 잔뜩 머금고 있어 시큼했지만, 코를 막을 정도는 아니었다. 머리 위에선 갈매기 울음소리가 끼룩끼룩 들려왔다.

"저쪽으로 가 봐요!"

프랫이 소리쳤다. 해변의 끄트머리에는 제멋대로 지어진 초라한 나루터가 해풍을 견디며 서 있었다. 딱히 관리하는 사람은 보이지 않았고, 그저 작은 배 한 척만 밧줄에 매여 오가는 파도를 따라 둥실거리고 있었다.

역시나 성질 급한 제이콥이 가장 빨리 나루터로 다가갔다. 그는 곁에서 대강 배의 상태를 살핀 후에 배에 훌쩍 뛰어올라 발로 바닥을 두드려 보았다. 칠이 좀 벗겨져 있긴 했지만, 썩거나 구멍 난 부분은 보이지 않았다. 다행히 돛도 정상적으로 펴졌다.

이상이 없음을 확인한 후에야 제이콥은 일행에게 타도 좋다는 신호를 보냈다. 아까부터 기웃거리던 프랫이 난간을 잡고 끙끙거리며 기어 올라갔고, 폴은 노인을 먼저 안전하게 배 위로 올린 다음에야 한쪽에 자리를 잡았다.

"꽉 잡아!"

일행이 얼추 배 안에 자리를 잡자, 제이콥은 단단히 묶여 있던 밧줄을 칼로 잘라 냈다. 그리고 뒤쪽에 매달린 노를 힘껏 저었다.

"와, 움직인다!"

프랫이 떨어질 듯 배 밖으로 머리를 내밀고 소리를 질렀다. 제이콥이 위험하니 자리에 앉으라고 고함을 쳤으나, 프랫은 물 위에 둥둥 떠다니는 해파리를 보느라 듣지 못한 듯했다. 배는 잠시 기우뚱하더니, 이내 중심을 잡고 바다로 나아가기 시작했다.

시간이 얼마나 지난 건지 알 수 없었다. 깜빡 잠이 들었던 폴은 심한 갈증을 느끼며 잠에서 깨어났다. 아마도 사막을 건너느라 모든 힘을 써버린 탓인 듯했다. 그때 코앞에서 출렁이는 파도 소리가 들려왔다. 파도는 배에 부딪혀 작은 포말을 만들었고, 물방울은 폴의 얼굴에 흩뿌려졌다. 온몸이 짜릿할 만큼 시원한 감촉이었다. 폴이 손으로 바닷물을 떠서 입에 막 가져가려는 순간이었다.

"애송이, 기다려!"

폴이 깜짝 놀라 손 사이로 물을 흘려보내고는 목소리가 들려온 쪽을 바라보았다. 제이콥은 폴과 거리를 두고 있다가 한걸음에 성큼 다가왔다.

"네가 방금 먹으려고 했던 건 바닷물이야. 지금 당장은 목마름 때문에 그 물을 마시고 싶겠지만, 그걸 마실수록 네 갈증은 점점 더 심해질 거다."

"하지만 아저씨, 전 지금 너무 목이 마른걸요."

제이콥은 한쪽 팔로 돛대를 잡고 흔들리는 배 위에서 중심을 잡았다.

"그럴 만하겠지, 우린 꽤 먼 길을 왔으니까. 하지만 저 꼬맹이 말대로라면, 이 배는 아마도 오늘 안에 행복의 섬에 도착할 수 있을 거야. 거기엔 여신이 잠들어 있다는 사랑의 샘도 있겠지. 그곳에 가면 마실 만한 물이 있을 테니, 힘들더라도 조금만 참고 기다려."

"기다렸잖아!"

제이콥은 문을 열고 들어오는 캐런을 향해 버럭 소리를 질렀다. 캐런이 힘없는 표정으로 대꾸했다.

"미안해요."

"뭐? 그게 다야?"

"오다가 사랑이 필요한 사람들을 만나서 나눠 주고 오느라 늦었어요."

"설마, 그럼 지금 나에게 줄 사랑이 없다는 거야? 난 그것만 기다리고 있었단 말이야!"

캐런도 참지 못하고 맞받아쳤다.

"제이콥, 당신은 너무 이기적이에요. 어떻게 당신에게만 사랑을 달라고 하는 거죠? 우리 마을에는 사랑을 잃어버린 사람들이 너무 많아요."

"당신은 내가 누구 때문에 이 모양이 됐는지 잊은 거야?"

제이콥은 곳곳에 크고 작은 상처가 생겨버린 자신의 얼굴을 그녀의 눈앞에 들이밀었다.

"알고 있어요. 하지만 내 생각도 좀 해 줘요. 사람들은 항상 나를 보면 사랑을 달라고 애원해요. 그게 얼마나 힘든 일인지 당신은 모를 거예요."

"당신이야말로 내가 얼마나 힘든지 모를 거야. 오늘 하루 종일 당신이 가져다줄 사랑만 기다렸다고! 그런데 지금 그걸 다른 사람에게 다 나눠 주고, 나에게는 빈손으로 왔다고 말하는 거야?"

"그만 해요, 제이콥. 며칠 있으면 다시 채워질 테니 그때 줄게요. 난 오늘 너무 피곤해요. 이만 쉬러 갈게요."

"내 말 안 끝났어!"

제이콥은 돌아서는 캐런의 손목을 붙잡았지만, 캐런은 제이콥을 뿌리치고 자신의 방으로 들어가 버렸다. 문이 쾅 하고 닫혔다.

"어떻게 나한테…."

제이콥은 멍하니 닫힌 문을 바라보았다. 당황한 표정은 이내 분노의 표정으로 바뀌었고, 곧장 짐을 싸기 시작했다. 그러고는 캐런이 문을 닫을 때 냈던 소리보다 더 큰 소리로 대문을 닫으며 집 밖을 나섰다.

제이콥은 바람이 불어오는 곳으로 향했다. 화나고 답답한 마음을 내려놓을 수 있는 곳이라면 어디든 좋을 듯했다. 그렇게 몇 날 며칠 걷다 쉬기를 이어간 끝에 아름다운 해변에 다다를 수 있었다.

태어나 처음으로 바다를 본 제이콥은 눈앞에 펼쳐진 풍경을 보고도 믿을 수 없었다. 속이 훤히 보이는 투명한 물은 에메랄드를 녹여낸 것 같았고, 반짝이는 모래사장은 금가루를 뿌려

놓은 것 같았다. 진주 같은 조개껍질도 알알이 박혀 있었다.

철썩, 철썩.

어디서부터 오는 건지 알 수 없는 파도가 끊임없이 밀려왔다가 되돌아가길 반복했다. 파도를 따라 검은 부리의 하얀 새가 분주하게 날갯짓을 하다가, 팔뚝만 한 물고기를 낚아채 해변 위 바위에 내려앉았다.

제이콥은 그림 같은 풍경의 바다를 넋을 놓고 바라보았다.

'이렇게 멋진 곳이 있는 줄 알았더라면 캐런에게 그렇게 매달리지 않았을 텐데.'

이곳이라면 더는 외로움도, 사랑에 대한 목마름도 느껴지지 않으리라 생각했다.

제이콥은 한동안 전에 없던 즐거운 시간을 만끽했다. 처음 며칠은 해변에 서서 바다를 바라보는 것만으로도 좋았지만, 언젠가부터 파도에 발을 담그지 않으면 만족한 마음이 들지 않기 시작했다. 가슴 속 공허함은 좀처럼 채워질 줄을 몰랐다.

그러다 시간이 지나면서부터는 아예 옷을 벗고 바닷물 속으로 들어가 버렸고, 헤엄을 치며 하루의 대부분을 보내곤 했다.

그렇게 조금씩 바다 깊숙한 곳으로 향하던 어느 날이었다. 헛것을 보는 게 아닌가 싶을 정도로 거대한 무언가가 자신을 향해 빠르게 다가오는 게 느껴졌다. 쪽빛 바다 밑으로 검은 형체가 어른거렸다.

'저게 뭐지?'

정체 모를 그림자는 발밑을 한 번 스치고 지나가더니, 주위를 빙글빙글 돌며 시선을 어지럽혔다. 장난치듯 오르락내리락할 때마다 뾰족하게 솟은 지느러미가 보였다 안 보였다 했다. 그리고 갑자기 수면 위로 솟아올랐다.

그것은 사람들에게 '중독의 상어'라고 이름 붙여진 커다란 물고기였다. 아가미는 화살표 모양으로 꺾여 있었고, 이빨은 톱날을 달아놓은 듯 날카로웠다. 제이콥은 상어의 크게 벌린 입을 보며 정신이 아득해지는 것을 느꼈다.

가까스로 정신을 차렸을 때는 오두막에서 웬 낯선 사내가 위에서 내려다보고 있었다. 처음 보는 사이가 확실함에도 자신을 알아보는 듯한 얼굴이었다. 사내는 어리둥절한 표정을 짓고 있는 제이콥을 향해 물었다.

"정신이 좀 들었나? 자네 이름이 뭔가?"

———◆———

"제이콥."

"네?"

"내 이름 말이다. 아저씨가 아니라 제이콥이라고."

"알겠어요, 음…, 제이콥."

폴은 쓸데없이 이름을 정확하게 발음하려고 애썼다.

"그렇다고 부르라는 건 아니야. 그냥 알고 있으라는 거야."

"네…."

제이콥은 드넓은 바다를 보며 말했다.

"나는 사실 바다를 아주 좋아했어. 그래서 매일 이 쾌락의 바다에 나와 수영을 하곤 했지. 그날도 어김없이 마음껏 수영을 하고 있는데, 문득 정신을 차리고 보니 어느새 바다 한가운데까지 와 있더군."

배가 파도로 인해 크게 한번 흔들렸다.

"놀란 나는 다시 돌아가려고 했지만 이미 내 체력은 바닥나 있었고, 몸에서 점점 힘이 빠져나가는 걸 느꼈지. 그때 만약 상어가 나타나지 않았더라도, 나는 아마 그곳에서 죽었을 거야."

제이콥은 아직도 그때를 생각하면 등줄기가 서늘해졌는지, 이마에 식은땀이 맺혀 있었다.

"옛날에는 그때 죽지 못한 게 아쉬웠는데, 나도 쓸데없이 오래 산 모양이야. 지금에 와서는 그래도 살아 있길 잘했다는 생각이 드는 걸 보면."

말을 마친 제이콥은 뱃머리 너머의 수평선을 바라보았다. 바람이 차다 했더니 벌써 해가 지고 있었다. 푸른 바다와 대비된 붉은 석양은 장관이었지만, 그가 보고 있는 건 노을이 아니었다. 넘실대는 파도도 아니었고, 수면 위로 뛰어오른 물고기 떼도 아니었다.

노을빛에 물들어 온통 금색으로 덧칠된, 눈이 부실 만큼 아름다운 섬이었다.

24

섬은 태곳적 자연의 모습을 그대로 간직하고 있었다. 기다란 잎을 늘어뜨린 나무들이 섬 곳곳에 심겨 있었고, 나무 위에는 처음 보는 새들이 쉴 새 없이 지저귀며 그곳을 지나가는 낯선 일행을 내려다보았다. 바다거북 한 마리도 그들 옆을 지나쳤다.

"바로 저기예요!"

일행을 섬 중앙으로 이끌던 프랫이 들뜬 목소리로 소리쳤다. 그가 가리킨 곳에는 언뜻 봐선 돌무더기처럼 보이는 작은 우물이 덩그러니 놓여 있었다.

"정말 이런 곳에 행복의 여신이 잠들어 있다고?"

제이콥이 볼품없는 우물을 이리저리 살피며 물었다.

"네."

힘차게 고개를 끄덕이는 프랫의 얼굴은 그 어느 때보다 밝고 기대에 부풀어 있었다.

"이제 이 사랑의 샘이 넘쳐흐르기만 하면 행복의 여신님을 만날 수 있어요."

제이콥은 우물로 다가가 머리를 집어넣어 안을 들여다보았다. 하지만 어둡기만 할 뿐 제대로 보이는 것이 없었다. 마침 주변에 있던 작은 돌을 집어 들어 그 안으로 던져 보았다. 돌멩이는 한참이나 떨어지더니 이내 '퐁당'하고 작은 소리를 냈다.

"이거 뭐야, 샘이 거의 말라 있는 것 같은데? 누가 다 퍼간 거 아니야?"

아예 우물 안으로 들어갈 듯한 제이콥을 프랫이 안심시켰다.

"걱정하지 마세요. 사랑의 샘은 결코 마르는 법이 없으니까요. 어서 꿈의 구슬과 용기의 보석을 우물 안에 집어넣어 보세요."

제이콥은 걸쳤던 한쪽 발을 도로 빼며, 폴에게서 건네받은 꿈의 구슬과 자신의 용기의 보석을 우물 안으로 던져 넣었다. 이번엔 확실히 뭔가가 달랐다.

쿵! 우르릉.

갑자기 땅이 크게 진동했다. 동시에 폭포수 같은 물이 사랑의 샘에서 뿜어져 나왔다. 물은 거대한 분수를 연상시킬 정도로 하늘 높이까지 솟았다가 그대로 일행을 향해 쏟아져 내렸다.

그들은 갑작스러운 물벼락에 당황했지만, 곧 입을 벌리고 허겁지겁 물을 받아먹기 시작했다. 사막을 지나느라 얼룩이 진 얼굴도, 엉망이 된 옷도 같이 씻겨 내려갔다. 폴은 지금껏 이렇게 시원하고 맛있는 물은 마셔본 적이 없었다. 뒤에 있던 노인은 너무 급하게 먹느라 사레가 들려 콜록콜록 기침을 해댔다.

물은 천천히 잦아들었다. 순식간에 만들어진 물안개도 서서히 걷혀갔다. 그리고 분명 조금 전까지 풀 한 포기, 돌멩이 하나 없던 자리에 누군가 서서 그들을 바라보고 있었다. 아무도 설명해 주지 않았지만, 누구라도 알 수 있었다.

눈보다 하얀 옷. 바람이 불지 않는데도 흩날리는 긴 머리카락. 몸 전체를 감싸는 은은한 빛. 절대 인간이라곤 할 수 없는 신비로움을 가진 존재였다.

그녀는 행복의 여신이었다.

"루셈다 님!"

프랫은 행복의 여신을 보자마자 그녀에게 달려들어 품에 안겼다. 루셈다도 그런 프랫이 싫지 않았는지 품에 안은 채로 그의 머리를 쓰다듬었다.

"잘 지냈나요, 브룬델?"

"네, 여신님을 정말 보고 싶었어요."

프랫은 어느새 눈물을 글썽이고 있었다. 루셈다는 엄마와 같은 모습으로 그를 달래주다가, 프랫의 어깨너머로 자신을 바라보고 있는 일행과 시선을 마주했다.

"저들은 함께 온 사람들인가요?"

프랫도 고개를 돌려 루셈다가 말하는 곳을 확인했다.

"네, 제가 이곳에 오기까지 저를 도와준 인간들이에요. 저들이 꿈의 구슬과 용기의 보석을 가지고 왔어요."

"그렇군요."

루셈다는 프랫을 자신의 품에서 떼어낸 후에 그들 앞으로 다가갔다. 일행은 긴장한 채로 그녀가 다가오는 모습을 지켜보았다. 신기하게도 발걸음 소리는 들리지 않았다.

루셈다가 그들 앞에 다다랐을 때, 그녀는 한 가지 이상한 점을 발견했다. 소년이 자신을 앞에 두고도 다른 곳을 보고 있는 것이었다. 행복의 여신은 소년에게 물었다.

"어째서 당신은 저를 보고 있지 않은 거죠?"

폴은 그 말이 자신을 향한 것임을 알아차리고, 황급히 설명했다.

"아, 저는 어릴 때 욕심의 벌에 쏘여서 앞이 보이지 않아요. 그래서 당신을 볼 수 없어요."

루셈다가 그제야 수긍했다.

"그렇군요. 그런 눈으로 여기까지 오는 길이 쉽지 않았겠어요. 아니, 어쩌면 앞이 보이지 않았기 때문에 여기에 올 수 있었던 건지도 모르겠네요."

"네?"

폴이 고개를 갸우뚱하자, 루셈다는 가지런한 이를 드러내며 웃었다.

"사람들은 너무 많은 것을 보느라, 정작 중요한 걸 보지 못하는 경우가 많으니까요. 어쩌면 앞을 못 보게 된 게 큰 행운일지도 몰라요. 그러지 않았더라면, 아마 당신은 이곳에 오지 못했을 거예요."

처음엔 무슨 말인가 싶었지만, 생각해 보니 루셈다의 말도 일리가 있었다. 만약 자신의 눈이 멀쩡했다면, 지금도 공허의 언덕에 오르기 위해 경쟁의 길을 달리고 있을 게 분명했기 때문이다.

"어쨌든 당신들이 이곳에 온 이유는 결국 소원을 이루기 위해서겠죠?"

루셈다의 질문에 일행은 저마다 고개를 끄덕였다.

"좋아요, 그럼 우선 당신부터 말해 봐요. 앞 못 보는 소년."

폴은 마른침을 꿀꺽 삼켰다. 하지만 무언가를 말하려다가 미처 내뱉지 못하고 한참을 머뭇거렸다. 그러더니 어렵게 다른 말을 꺼냈다.

"그전에 여쭤볼 게 있어요."

"그게 뭔가요?"

"왜 저는 다른 사람을 도와야만 하는 거죠? 꿈의 요정이 말하길 꿈은 나를 위한 것만이 아니라, 나와 다른 사람 모두를 위한 것이어야 한다고 했어요. 혹시 그 이유를 알려 주실 수 있나요?"

루셈다는 폴의 질문이 의외였는지 그를 흥미롭게 바라보았다.

"안 될 건 없죠, 하지만 저는 그렇게 재미있게 얘기를 하는 편이 아니랍니다. 재미없다고 너무 따분해하면 안 돼요."

루셈다는 생긋 미소 지었다. 아무리 재미없는 내용도 그녀의 목소리라면 언제까지고 들을 수 있을 것 같은 폴이었다.

"아주 오래전, 신은 인간을 만들 때 그들에게 커다란 마음을 주었답니다. 그 마음은 워낙 넓어서 결코 혼자서는 채울 수 없도록 만드셨죠. 그래서 나 이외에 다른 사람이 필요한 거예요. 어떤 이들은 그곳을 돈이나 명예, 욕심 같은 것들로 채우려 하지만, 그런 것들로는 인간의 마음을 가득 차게 할 수 없어요. 그곳을 가득 채울 수 있는 건 오직 나와 다른 이를 이어 주는 사랑뿐이랍니다."

순간, 폴의 얼굴에 부끄러운 기색이 가득해졌다.

"저는 아직 사랑하는 사람을 만나지 못했어요. 그래서 사랑이 뭔지 잘 몰라요."

루셈다의 아름다운 얼굴에도 옅은 미소가 더해졌다.

"사랑에는 꼭 남녀 간의 사랑만 있는 게 아니에요. 사랑은 나와 상대를, 더 나아가 세상을 아름답게 볼 수 있도록 만들어 주죠. 당신이 이것을 원한다면, 우선 자기 자신을 사랑하는 것부터 시작해야 해요."

폴이 자신 없는 목소리로 대꾸했다.

"하지만… 전 이렇게도 부족한 모습인데요?"

루셈다는 여전히 맑고 고운 목소리로 차분히 설명을 이어 나갔다.

"인간은 누구나 부족한 부분을 가지고 있어요. 하지만 그렇다고 해서 당신이 모자란다는 뜻은 아니에요. 오히려 인간은 완벽하지 않기 때문에 다른 이들과 더불어 완전해질 수 있으니까요."

"그게 무슨 말씀이죠?"

폴은 도통 그녀의 말을 이해할 수 없었다.

"신께서 애초에 인간을 부족한 모습으로 만드셨다는 거예요. 만약 인간이 스스로 완벽했다면, 그들은 결코 남들과 더불어 살지 않았을 테니까요. 그래서 신은 당신들이 꼭 가져야 할 것을 일부러 하나씩 거두어 가신 거죠. 그분이 원하셨던 것은 인간이 자신의 부족함을 통해 다른 이들의 어려움을 이해하고, 서로 도우며 살아가는 것이었으니까요."

루셈다는 검지를 치켜들고 남은 한 손은 옆구리에 가져다 댔다. 그녀를 둘러싼 광채가 아니라면, 야외 수업을 하러 나온 평범한 선생님이라고 착각할 만한 모습이었다. 그녀의 목소리가 조금 더 커졌다.

"하지만 인간은 이상한 기준을 만들어 놓고는 그것들로 서로를 평가한다죠? 그러나 인간은 모두 각기 다른 것을 가지고 태어난 존재들이에요. 단순히 외모나 눈에 보이는 걸로 판단할 수 있는 게 아니죠. 모든 인간이 자기만의 아름다움을 지니고 있는 소중한 존재라는 걸 당신도 언젠간 알게 될 거예요."

폴은 잠시 아무 말도 없다가 조심스레 물었다.

"정말 저에게도 사랑할 만한 무언가가 있을까요?"

루셈다는 딱 소리가 나도록 손뼉을 치더니, 폴의 두 손을 맞잡았다. 폴이 깜짝 놀라서 뒤로 한 걸음 물러났다.

"물론이죠! 당신이 가진 꿈과 그것을 이루기 위한 용기는 충분히 사랑받을 만한 것들이에요. 어떤 순간이 오더라도 그것을 잃어버리지 않는다면, 당신 안에 사랑이 가득하도록 내가 도와줄게요."

루셈다가 자신의 말을 듣고 생각에 잠겨 있는 폴을 향해 물었다.

"아직 궁금한 게 더 남아 있나요?"

"아니요."

폴은 고개를 흔들었다.

"좋아요. 그럼, 이제 소원을 말해 봐요."

하지만 이번에도 폴은 대답을 망설였다. 이를 보다 못한 프랫이 답답해하며 나섰다.

"어서 말해, 폴. 눈을 고치기 위해 이곳에 왔잖아. 뭘 그리 고민하는 거야?"

프랫이 닦달하자 폴은 마침내 무언가를 결심한 목소리로 입을 열었다.

"저의 소원은⋯."

폴의 얼굴이 천천히 뒤를 향했다.

"제 뒤에 있는 영감님에게 다리가 생기는 거예요."

그 자리에 있던 모두의 눈이 휘둥그레졌다. 루셈다도 깜짝 놀라며 그에게 다시 물었다.

"곧 이 땅에서 사라질 저 노인을 말하는 건가요? 신중히 말해야 해요. 나는 한 가지 소원밖에 들어주지 않거든요."

"알고 있어요."

"그럼, 왜 그런 거죠? 혹시 조금 전에 말한 사랑 때문인가요? 그 전에 당신이 꼭 기억해야 할 것이 있어요. 억지로 남을 돕는다고 해서 반드시 자신이 행복해지는 건 아니에요. 거기에는 진실한 마음이 필요해요."

폴은 루셈다가 걱정하고 있는 게 뭔지 안다는 듯 그녀의 말이 채 끝나기도 전에 고개를 끄덕였다.

"저는 제가 행복해지기 위해 영감님의 다리를 고쳐 달라고 하는 게 아니에요. 단지 제 머리와는 다르게 마음이 그걸 원하고 있을 뿐이에요. 둘 중 어느 걸 따라야 할지 몰라서 계속 고민했지만, 조금 전에 확실히 정했어요."

"그런 결정을 한 이유를 물어봐도 될까요?"

폴은 감긴 눈을 더욱 세게 감았다.

"저는 그동안 앞을 볼 수 없기 때문에 아무것도 할 수 없다고 생각했지만, 이제는 알 것 같아요. 제가 앞을 보는 것 빼고는 뭐든 다 할 수 있다는 걸요. 저는 비록 앞을 보지 못해도 노래를 부를 수 있으니 상관없지만, 영감님은 그렇지 못해요. 영감님의 꿈은 넓은 세상을 여행하는 모험가였대요. 하지만 영감님은 나이가 많으셔서 이제 시간이 별로 남아 있지 않아요. 저는 영감님의 마지막 꿈을 꼭 이뤄 드리고 싶어요."

루셈다는 그의 마음이 진심인지 확인해 보기 위해 폴의 얼굴을 자세히 살펴보았다.

"정말 후회하지 않으시겠어요?"

"제가 이곳에 올 수 있었던 건, 그리고 꿈을 찾을 수 있었던 건 모두 영감님을 만난 덕분이에요. 후회하지 않아요."

루셈다는 더 캐묻지 않고, 프랫의 이름을 힘주어 불렀다.

"브.룬.델?"

"네?"

프랫이 당황한 기색을 보이며 루셈다의 눈치를 살폈다.

"어째서 이 젊은이가 행복의 비밀을 알고 있는 거죠? 혹시 당신이 몰래 가르쳐 줬나요?"

"아니, 아니에요! 사실은… 아주 일부만 인간들에게 알려줬을 뿐이에요. 하지만 저는 맹세컨대, 루셈다 님이 직접 숨겨 놓은 행복이 있는 곳은 아무에게도 알려 주지 않았어요. 정말이에요!"

"숨겨두다니, 그게 무슨 말이야? 프랫?"

"그게….'"

프랫이 우물쭈물하자 루셈다가 그의 말을 대신 받았다.

"당신은 내가 왜 이 땅에 내려오게 되었는지 알고 있나요?"

"그야 행복을 주시기 위해서가 아니었나요?"

망설임 없이 대답하는 폴이 무안해질 만큼, 루셈다의 다른 대답이 곧바로 이어졌다.

"아니요, 행복을 숨겨두기 위함이었어요."

—— ✦ ——

"찾았다!"

브룬델은 혼자서 조용히 생각에 잠겨 있는 루셈다를 보고 소리쳤다.

"여기서 뭐 하고 계세요? 한참 찾았잖아요!"

"생각을 좀 하고 있었어요, 브룬델."

"무슨 생각이요?"

루셈다는 아무르에게서 들은 이야기를 들려주었다.

"실은 조금 전에 아무르 님을 만나고 오는 길이에요."

"아무르 님을요? 혹시 안 좋은 말씀이라도 하셨나요?"

"그런 건 아니에요. 다만 아무르 님은 인간이 있는 곳으로 내려가 행복을 숨겨 두라고 하셨어요."

"행복을요? 그건 아무르 님이 인간에게 주고자 하셨던 거잖아요?"

루셈다는 생각에서 깨어나지 않은 채로 고개를 끄덕였다.

"맞아요. 아무르 님은 그걸 내가 나누어 주는 게 아니라, 그
들이 스스로 발견할 수 있도록 도우라고 하셨어요. 그래서 지
금 그걸 어디에 숨겨 둘지 고민 중이에요."

"흠…."

루셈다의 말을 들은 브룬델은 함께 고민에 빠졌다.

"그동안 제가 인간을 봤을 때, 그들은 결코 감사할 줄 몰랐어
요. 그리고 남을 돕는 법도 없었죠. 그곳에 숨겨 두면 아마 인간
들이 찾지 못할 거예요."

루셈다의 얼굴이 밝아졌다가 금세 다시 어두워졌다.

"그거 좋은 생각이네요, 하지만 아무르 님께서 인간에게 주
고자 하신 행복은 생각보다 훨씬 많아요. 아마 그것만으로는
부족할 거예요."

브룬델은 루셈다와 함께 다시 고민하기 시작했다. 한참이나
시간이 흘렀지만, 마땅한 방법이 떠오르지 않았다. 브룬델은 앞
을 왔다 갔다 하기도 하고, 머리털을 쥐어뜯기도 했다. 그러다
갑자기 혼자서 히죽히죽 웃더니, 장난기 가득한 얼굴로 말했다.

"이건 어떨까요?"

———— ◆ ————

"나는 브룬델의 말대로 행복을 혼자만 가지려 할 때는 가질
수 없고, 그것을 다른 이에게 주고자 할 때 자신에게도 저절로

생겨나도록 만들었답니다. 어때요, 정말 재미있는 생각 아닌가
요?"

그러다 이내 뭔가 아쉬운 표정을 지었다.

"하지만 이럴 줄 알았으면 좀 더 잘 숨겨 둘 걸 그랬나 봐요.
그렇죠, 아무르 님?"

루셈다의 뜬금없는 질문에 익숙한 목소리가 대답했다.

"그 정도면 나쁘지 않았어, 루셈다."

폴은 뭔가 허전함을 느끼고 즉시 뒤를 돌아보았다. 지팡이와
더불어 이제는 한 몸이나 다름없던 노인이 감쪽같이 없어진 것
이다. 등에는 구린내 나는 체취와 따스한 온기만 남아 있었다.
하지만 굳이 노인을 찾을 필요는 없었다. 딱히 사라진 것도, 숨
은 것도 아니었다.

익숙한 목소리는 루셈다의 바로 옆에서 들려오고 있었다.

25

　모처럼 소란스럽던 섬에 다시 적막이 찾아들었다. 노을은 이미 모습을 감추었고, 은은한 달빛과 멀리서 희미하게 들려오는 잔잔한 파도 소리만 행복의 섬을 포근하게 감싸고 있었다.

　푸드덕.

　갑자기 조용해진 탓에 새들이 나무를 떠나는 소리가 더욱 크게 들려왔다. 바닥에 떨어지는 깃털 소리도 들릴 듯한 시간이 잠시 이어졌다.

　"오랜만이구나, 루셈다."

　"그동안 잘 지내셨나요, 아무르 님."

　숨이 멎을 듯한 정적을 깨고 반가운 인사가 오고 갔다. 그것은 동네 길거리에서 어쩌다 아는 사람끼리 마주쳤을 때 흔히 볼 법한 일상적인 모습이었다. 그들의 몸에서 흘러나오는 빛만 빼면.

루셈다와 아무르는 서로를 향해 가벼운 미소를 지었다. 이에 반해 프랫은 얼굴이 붉으락푸르락 여러 차례 변하더니 결국 비명 같은 소리를 내질렀다.

"아무르 님!"

프랫은 쓰러질 듯 달려 나와 엎드리며 절을 했다. 프랫이 큰 죄라도 지은 것처럼 쉽게 일어나지 못하자, 아무르가 다가와 그를 일으켜 세웠다. 그들이 인사를 주고받는 모습을 어이없게 지켜보던 제이콥도 거기에 목소리를 더했다.

"영감, 당신이 정말 신이라고?"

제이콥은 믿어지지 않는 얼굴로 노인을 빤히 바라보았다.

"그래, 인간은 나를 그렇게 부르더군."

아무르는 프랫의 무릎에 묻은 흙을 털어주면서 아무렇지도 않게 대꾸했다. 제이콥은 그런 노인을 보고 한차례 허탈하게 웃었다.

"하…."

제이콥은 화를 내야 할지, 좀 더 예의를 갖춰 인사를 건네야 할지, 아니면 자신도 프랫처럼 무릎을 꿇어야 할지 알 수 없었다. 그러다 생각을 바꿔 오히려 잘됐다는 식으로 말을 꺼냈다.

"그러지 않아도 당신을 꼭 한번 만나보고 싶긴 했어. 예전부터 당신에게 묻고 싶은 게 있었거든."

제이콥은 삐딱하게 서서 삐딱한 표정으로 팔짱을 꼈다.

"생각보다 빨리 만나긴 했지만, 뭐 이것도 나쁘진 않겠지. 어때, 많이 바쁘신 몸이신데 지금 대답해 줄 수 있겠어?"

"물론, 얼마든지."

아무르는 프랫의 무릎이 깨끗해져서인지, 제이콥의 그런 반응이 재미있어서인지 흡족한 미소를 지어 보였다. 어쩌면 둘 다인 것도 같았다.

"당신은 어째서 인간을 이렇게 힘들게 살아가도록 만들어 놓은 거지?"

제이콥은 침착하게 말하는 듯했지만, 목소리에는 원망하는 빛이 가득했다. 아무르는 그런 제이콥을 마주하면서도 평온함을 잃지 않았다.

"자네 말처럼 나는 이 세상에 고통과 어려움이 가득하도록 만들어 놓았네. 하지만 그것을 이겨낼 수 있는 것들로도 가득 채워 두었다는 건 모르고 있는 것 같군. 인간은 흔히 그들이 만나게 되는 어려움 때문에 아무것도 할 수 없다고 생각하지만, 실은 그로 인해 할 수 있는 일이 더 많은 법이지. 나는 간절함과 절박함을 가진 인간을 막을 수 있는 건 만들어 놓지 않았으니까."

그러나 제이콥의 태도는 별반 달라지지 않았다. 오히려 목소리가 조금 떨리기까지 했다.

"나도 한때는 당신이 하는 그런 말들을 믿었어. 할 수 있다고 믿고 앞으로 나아가다 보면, 반드시 원하는 대로 살 수 있다고. 하지만 지금의 내 꼴을 봐. 나는 그 말만 믿고 내 인생을 바쳤지만, 어느 것 하나 달라지지 않았어. 오히려 기사가 되고 싶다는 헛된 꿈 따위 좇지 않았으면 난 편하게 잘 살았을 거야."

한없이 부드럽던 아무르의 표정이 돌연 진지해졌다. 목소리에도 위엄이 서렸다.

"자네는 잘못 알고 있군."

"뭐?"

"인간은 결코 자신의 앞날을 마음대로 할 수 없네. 자네가 아무리 비가 내리길 원한다고 해서 비를 오게 하거나 구름 한 점 끼게 할 수 없듯이, 좋은 일만 바란다고 해서 원하는 일들만 일어나는 건 아니란 거지. 그건 하늘의 일이니까. 인간은 그저 주어진 환경대로 살아갈 뿐이야."

제이콥이 참지 못하고 한 번 더 실소를 터뜨렸다. 이상한 나무꾼의 말만 믿고 지금까지 헛고생을 해 온 자신의 모습이 너무나 어리석어 보였기 때문이다.

"역시 그랬어. 그냥 마을에서 분수에 맞게 사는 건데…. 결국 모든 게 내 괜한 욕심 때문에…."

"하지만."

아무르는 머리를 헝클어뜨리며 자책하고 있는 제이콥의 말을 끊었다.

"나는 인간의 미래에 일어날 일들 가운데 한 조각만큼은 그들의 몫으로 비워 두었네. 그곳만큼은 그들 스스로가 채워 넣을 수 있도록 말이지. 내가 인간에게 약속하는 것은 그들의 현재 상황이 어떠하든, 어떠한 고난과 어려움 가운데 살아가든, 그들이 원하는 미래의 한 조각을 생생하게 꿈꾸고 그것을 계속해서 간직할 수만 있다면, 그건 언젠가 반드시 이루어질 거라는 거야."

아무르의 목소리는 크지 않았지만, 반드시 그 약속을 지키겠다는 의지가 담겨 있었다.

"자네는 모든 미래를 마음대로 할 수 없다고 낙심하고 포기하든가, 아니면 그 한 조각을 자네 손으로 직접 그려 넣든가 결정해야 하는 것이지. 그러니 자네의 영역이 아닌 것에서는 그만 손을 떼고, 그곳을 무엇으로 채워 넣을지 고민해 보는 게 어떤가? 그러다 보면 자네에게 이렇게 기회가 찾아올 수도 있으니까."

아무르는 루셈다를 바라보는 것으로 자신의 말이 끝났음을 알렸다. 그녀도 아무르의 눈빛을 알아듣고는 제이콥에게로 시선을 돌렸다.

"이제 당신 차례예요. 당신이 이루고자 하는 소원은 무엇이죠? 조금 전 말했던 기사가 되는 건가요?"

하지만 제이콥 역시 폴처럼 쉽게 대답하지 않았다. 그도 생각할 시간이 필요했는지 잠시 뜸을 들이다가 천천히 입술을 떼었다.

"캐런을 만나게 해 줘."

이번에도 예상치 못한 대답이 들려오자, 루셈다는 그에게 다시 한번 물었다.

"나는 아까 말했던 것처럼 오직 한 가지 소원을 들어줄 뿐이에요. 정말 그걸 원하나요?"

제이콥은 망설이지 않고 고개를 끄덕였다.

"좋아요, 그럼 캐런을 되살려 줄게요."

"아니."

그새 마음이 바뀌기라도 한 건지 싶어 루셈다는 다시 제이콥을 바라보았다.

"그녀가 있는 곳으로 나를 데려가 줘. 항상 그녀를 기다리게만 했거든. 이번엔 내가 그녀에게 갈 차례야."

거기까지 말하고는 루셈다의 대답을 기다렸다. 하지만 입을 연 건 그녀가 아니라 지금껏 잠자코 있던 프랫이었다.

"이 순간을 기다렸어요."

프랫은 생뚱맞게 누구도 물어보지도 않은 오래전 이야기를 들려주기 시작했다.

"당신이 최고의 기사가 되기로 결심한 날, 하늘에서는 천사들이 전부 모여 당신에 관한 얘기를 나눴답니다. 당신의 기도를 들은 천사들은…."

제이콥은 당황스러운 얼굴로 그의 말을 멈추며 물었다.

"잠깐만, 지금 갑자기 무슨 소릴 하는 거야? 아니, 그보다 그 게 정말이야?"

———— ◆ ————

브룬델은 고개를 끄덕였다. 그러자 천사들은 저마다 심각한 표정을 짓더니 머리를 맞대고 고민하기 시작했다. 여러 의견이 나왔으나, 애초에 답은 정해져 있는 거나 다름없었다. 길지 않은 논의 끝에 역시나 방황의 성 기사단장을 맡기는 것으로 일 단락이 되었다.

대다수가 동의했고, 누구도 토를 달지 않았다. 브룬델이 작은 손 망치를 금으로 된 받침대에 내리치려는 순간이었다.

"천상의 기사는 어떻습니까?"

그때까지 아무 말도 않고 있던 꿈의 천사가 처음으로 목소리를 냈다. 천사들은 제각기 웅성거렸다.

"그건 말도 안 돼요."

여기저기서 부정적인 소리가 들렸지만, 꿈의 천사는 꿈쩍도 하지 않고 다시 자신의 의견을 내세웠다.

"신께서는 인간에게 무한한 가능성과 잠재력을 주셨어요. 비록 인간은 아직 그것을 모르고 있지만, 우리의 역할은 그것을 깨닫게 하고 그들의 간절한 꿈을 이루게 하는 것임을 잊어서는 안 돼요."

꿈의 천사는 단호하게 말한 후에 주변 천사들을 바라보았다. 점차 웅성거림이 잦아들었다.

"하지만 인간을 어떻게 천상의 기사가 되게 할 수 있다는 거야? 무엇보다 지금 천상의 기사는 너잖아?"

브룬델이 걱정스럽게 물었다. 꿈의 천사는 따로 생각해 놓은 게 있었는지, 주저하지 않고 대답했다.

"제가 직접 내려가서 그를 가르치겠습니다."

브룬델은 그의 진지한 얼굴을 보며 다시 확인하듯 물었다.

"할 수 있겠어?"

———— ◆ ————

"못할 건 없지."

제이콥의 대답에 프랫은 기쁜 마음을 감추지 못하고 활짝 웃었다.

"좋아, 그럼 우리와 함께 가자."

말이 끝나기 무섭게 프랫의 어깨가 눈부시게 빛나더니, 황금색 날개가 서서히 돋아나기 시작했다.

"이제 약속의 시간이야."

힘찬 날갯짓 한 번에 그의 작은 몸이 하늘로 둥실 떠올랐다. 제이콥은 프랫이 건넨 손을 잡으려다 말고 한쪽에 우두커니 있는 폴을 불렀다.

"이봐, 애송이!"

폴은 그때까지도 얼빠진 사람처럼 멍한 표정을 짓고 있었다. 노인의 정체를 듣고 아직도 충격이 가시지 않은 모양이었다. 제이콥은 넋을 놓고 있는 폴에게로 다가와 무언가를 건넸다.

"이걸 받아."

폴은 겨우 정신을 차리고 제이콥이 자신의 손에 쥐여 준 물체를 더듬어 보았다. 차가운 금속에, 길고 가느다란 줄이 달려 있었다. 그것은 목걸이였다.

"이건…."

"캐런이 나에게 만들어 준 사랑의 증표야. 아무리 멀리 떨어져 있어도 함께라는 뜻으로 만들어 준 것이지. 난 이제 캐런과 떨어지지 않을 테니 너에게 주지. 이별 선물쯤으로 받아두라고. 그리고…."

제이콥은 뭔가 할 말이 더 남은 얼굴로 쭈뼛대다가 어색하게 입을 열었다.

"무슨 일이 있어도 절대로 포기하지 마, 그게 삶이든 꿈이든 간에 말이야."

그 말을 끝으로 제이콥은 뒤도 돌아보지 않고 자신을 기다리고 있는 프랫에게로 돌아갔다.

"작별 인사가 끝난 것 같은데요?"

루셈다가 아무르를 바라보자, 아무르는 말없이 고개를 끄덕였다. 동시에 그들도 점점 하늘로 올라가기 시작했다.

"잠깐만요! 저도 데려가 주세요!"

폴이 다급하게 외쳤다. 다행히 그 소리가 닿았는지 아무르가 도로 지상에 천천히 내려앉았다. 폴은 아무르의 모습이 어떻게 변했는지 알 수 없었지만, 적어도 목소리만큼은 노인일 때와 차이가 없었다. 부드럽고 따뜻한 음성이 귀를 통해 마음으로 전해져 왔다.

"미안하구나, 천국은 모든 사람을 데려갈 만큼 그리 넓은 곳이 아니라서."

폴은 실망한 듯 어깨를 축 늘어뜨렸다.

"하지만 너무 아쉬워하지 말거라. 난 이곳에도 작은 천국을 만들어 놓았으니까."

"정말요? 어디예요?"

폴이 잔뜩 기대에 차서 물었다. 아무르는 인자한 미소를 지으며 폴의 가슴에 손을 가져다 댔다.

"여기."

폴은 따스한 손길을 따라 보이지 않는 눈으로 자신의 가슴을 내려다보았다. 순간, 빛이 온몸을 감싸는 듯한 신비로운 느낌을 받았다.

"나는 너의 길을 막고 즐거워한 적이 없단다. 단지 그것만이 너를 더 나은 길로 인도할 수 있는 유일한 방법이었을 뿐이야. 그리고 난 절대 실수하지 않는단다. 넌 나의 걸작품이야."

폴은 그것이 오래전 했던 기도임을 깨닫고 놀라서 고개를 들었지만, 그곳에는 아무도 없었다. 아무르와 루셈다는 물론 프랫과 제이콥 역시 어느새 먼 하늘로 모습을 감추고 만 것이다. 하지만 폴은 그들이 사라진 하늘에서 쉽사리 눈을 뗄 수가 없었다.

유난히 크고 둥그런 달이 하늘 높이 떠 있었기 때문이다. 그리고 어두운 밤하늘에 펼쳐진 수많은 별이 너무나 아름다웠기 때문이다.

폴은 그중에서도 가장 밝게 빛나는 별을 바라보다가 무심코 주머니에 손을 넣었다. 그동안 늘 가지고 있었으나, 까맣게 잊고 있던 무언가가 만져졌다. 노인을 처음 만났을 때 받았던 행복의 돌이었다.

폴은 돌을 만지작거리며 하염없이 하늘을 올려다보았다. 밤이 깊어 가장 어두운 시간이었지만, 폴에게는 그 어느 때보다 밝은 밤이었다.

행복의 섬에 별빛이 쏟아져 내리고 있었다.

에필로그

방황의 성의 후미진 골목에서는 더 이상 거지 노인과 정신나간 꼬마를 찾아볼 수 없었다. 대신 언젠가부터 그들이 있던 자리에서 노랫소리가 들려오기 시작했다.

이전엔 아무것도 볼 수 없었네,
하지만 이제는 볼 수 있다네.

이전엔 모든 걸 잃었다고 생각했었네,
하지만 모든 걸 가지고 있었네.

이전엔 알 수 없었네,
혼자라고 느꼈었네.

하지만 이제야 알았네,
언제나 신과 함께였음을.

험한 비바람 몰아친다 해도,
성난 파도 밀려온다 해도,

가슴속 작은 등불
흔들리지 않네.

지금은 작은 등불이지만,
언젠가 밝게 비추는
커다란 등대 되리.

"그게 정말인가요?"

폴은 갑자기 들려온 아름다운 목소리에 고개를 들었다. 그곳에는 별빛보다 반짝이는 까만 눈동자를 가진 소녀가 그를 바라보고 있었다.

"뭐가 말이죠?"

폴이 소녀를 올려다보며 물었다.

"신이 우리와 함께한다는 거요."

"물론이죠."

"신을 잘 알고 있기라도 한 듯이 말씀하시네요? 신을 직접 보기라도 했나요?"

폴은 자신의 붉은 머리를 긁적였다.

"신을 본 적은 없어요. 단지 그와 함께였다고 느꼈을 뿐이죠."

소녀는 폴을 흥미롭게 바라보았다. 사람들은 신이 이미 오래전 그들을 떠나 더 이상 인간을 돌보지 않는다고 생각했기 때문이다.

"당신을 꼭 한번 다시 만나고 싶었어요. 그렇게 모포를 잘 만드는 사람은 처음이었거든요. 하지만 모포를 만드는 것만큼이나 노래를 잘한다는 건 오늘 처음 알았네요."

"저 역시 당신을 만나고 싶었어요. 제가 만든 모포를 그렇게 좋아해 주는 사람은 처음이었으니까요."

소녀의 얼굴이 폴의 머리처럼 붉어졌다.

"사실은 신께 기도했어요. 당신을 다시 한 번 만나게 해 달라고요. 하지만 그때 이후로 볼 수가 없었고, 저도 마을 사람들처럼 신이 저를 떠났다고 생각했어요."

"그럴 리 없을 겁니다."

"네?"

"신이 결코 당신을 먼저 떠나는 일은 없을 겁니다."

"그걸 당신이 어떻게 아시죠?"

폴이 뜻 모를 미소를 지으며 대답했다.

"그야 신은 다리가 없으니까요."

소녀는 폴의 재미없는 농담에도 불구하고 그가 왠지 싫지 않게 느껴졌다.

"저희 어머니도 당신처럼 손재주가 좋으셨어요. 할머니를 닮아서 그런 거였대요. 아마 할아버지를 찾으러 이곳에 오시지 않았더라면 유명한 모포 장인이 되셨을지도 몰라요."

"할아버지는 찾으셨나요?"

폴의 물음에 소녀는 고개를 가로저었다.

"저희 할아버지는 마을에서 유명한 허풍쟁이에 거짓말쟁이였대요. 늘 마을 사람들에게 최고로 멋진 기사가 될 거라고 떠들어 대기만 하다가 마을에서 도망쳐 버리셨죠."

소녀는 들릴 듯 말 듯 작게 한숨지었다.

"그런데도 할머니는 할아버지가 어디선가 늠름한 기사가 되어 계실 거라고 입버릇처럼 말씀하셨대요. 저희 어머니는 그런 할아버지를 찾아 힘들게 이곳까지 오시게 된 거죠. 물론 헛수고였지만."

때마침 별똥별 하나가 머리 위로 꼬리를 단 채 지나갔다.

"결국 할아버지를 찾지 못하게 되면서, 어머니는 항상 저에게 꿈을 갖지 말라고 하셨어요. 그건 아무나 이룰 수 있는 게 아니라고요."

폴은 가만히 밤하늘을 올려다보았다.

"저도 가 본 적은 없지만, 여기서 멀리 떨어진 곳에 최고의 실력을 갖춰야만 기사로 받아 주는 곳이 있대요. 할아버지는 아마도 그곳에서 멋진 기사가 되셨을 거예요."

"정말 그럴까요?"

"그럼요, 그리고 꿈을 말하고 다닐 수 있다는 것만으로도 이미 충분히 멋진 사람이라고 생각해요."

소녀는 그가 알 리 없는 자신의 할아버지에 대해 좋게 말해 주는 것이 내심 고마웠다.

"좋은 노래를 들었으니 답례라 하긴 뭐하지만, 선물을 드릴 게요."

"선물이요?"

"네."

그녀는 자신의 손목에 채워져 있던 은빛 팔찌를 풀었다.

"당신을 보러 다시 모포 가게에 갔다가 우연히 보게 된 팔찌 예요. 너무 아름다워서 어떻게 만들어진 것인지 스티브 아저씨 께 여쭤봤더니, 예전에 누군가 멋진 머리카락을 가게에 팔러 와서 그걸로 팔찌를 만들었대요. 어때요, 예쁘죠?"

폴은 한동안 소녀가 건넨 은빛 팔찌를 바라보았다. 어딘지 모르게 낯이 익었다.

"네, 정말 아름답네요. 그럼, 저도 제가 아끼는 걸 드릴게요."

폴은 품속에서 주섬주섬 헝겊 주머니를 꺼내 소녀에게 건넸다. 어느 떠돌이 기사에게서 받은 물건이었다. 주머니를 끌러 본 소녀는 이런 걸 받아도 되나 싶어 망설였지만, 폴은 그것을 직접 채워 주었다. 소녀의 얼굴이 또 한 번 빨갛게 달아올랐다.

폴은 소녀를 위해 새로운 노래를 부르기 시작했다.

"먼 옛날 신은 인간을 만들고….."

이야기에 곡조를 붙인 듯한 이상한 노래였으나, 목소리가 감미로워 소녀는 저절로 집중이 되었다. 밤은 더욱 깊어져 갔고, 처음엔 두 개였던 그림자가 점점 불어나더니 어느덧 셀 수 없을 만큼 늘어나 있었다. 폴의 노래를 듣기 위해 남녀노소 할 것 없이 수많은 사람들이 몰려든 것이다. 방황의 성의 후미진 골목은 때아닌 축제가 벌어진 듯 인파로 가득해졌다.

"신은 우리에게 약속했다네, 간절한 꿈은 언젠가 이루어진다고."

구름이 걷힌 하늘엔 밝은 달이 떠올라 있었다. 그리고 소녀의 목에 걸린 금빛 목걸이도 높이 뜬 달빛을 받아 환하게 빛을 냈다.

"신은 오늘도 묻고 있다네, 당신의 진정한 소원은 무엇인지."

폴의 노랫소리가 달빛을 타고 방황의 성을 넘어 먼 하늘까지 퍼져 나갔다.

8년 전 『소원을 이루어주는 섬』의 시작은 무척 초라했습니다. 저는 원하는 대학 입학에도, 오래 준비한 시험에도, 정규직 취업에도 실패한 뒤 미래가 보이지 않는 하루하루를 보내고 있었습니다. 집 형편도 그리 좋지 못했습니다. 거동이 불편하신 어머니를 돌봐야 했고, 매달 월세와 가족들의 생활비를 벌기 위해 온갖 비정규직 일자리를 전전해야 했습니다. 저에겐 어떤 희망도 없는 것처럼 보였습니다.

대신 작은 꿈이 있었습니다. 그것은 바로 힘들고 지친 사람들에게 꿈과 용기, 희망을 전할 수 있는 아름다운 이야기를 만드는 것이었습니다. 무엇보다 저 자신을 위로하고 싶었습니다.

물론 나이도 적지 않았고, 특별히 글쓰기를 배운 적도 없었기에 불가능한 일일 것만 같았지만, 왠지 모르게 좀처럼 꿈을 포기할 수 없었습니다.

그러나 꿈을 좇는 일은 생각했던 것보다 더 쉽지 않았습니다. 소설은 어떻게든 완성했지만, 처음 시도한 크라우드 펀딩은 큰 실패로 끝났습니다. 여러 출판사에 투고 메일도 보내봤지만, 기대했던 답변은 돌아오지 않았습니다. 혹시나 하는 마음으로 도전해 본 공모전에서도 저의 이름이 명단에 오르는 일은 없었습니다. 게다가 애써 만든 책은 독립 서점에서조차 팔리지 않아 고스란히 반품되기 일쑤였습니다.

끝내 지쳐 포기하려고 마음먹었을 때, 오래전 노트에 써 두었던 문장을 보았습니다. 오래된 꿈이었지만, 한 번도 잊은 적 없던 꿈이었습니다. "재미있게 읽히면서도 의미가 있는, 의미가 있으면서도 지루하지 않은, 지루하지 않으면서도 감동이 있는 책을 만들고 싶다."

하지만 딱히 모아둔 돈도, 책을 만들 실력도 없었기에 낮에는 콜센터에서 일을 하고, 주말에는 컴퓨터 학원에 다니며 포토샵과 편집 프로그램을 배워 나갔습니다. 그렇게 오랜 시간 다듬고 고친 소설이 바로 『소원을 이루어주는 섬』이었습니다. 다시 한번 도전한 크라우드 펀딩에서 『소원을 이루어주는 섬』은 다행히 성공할 수 있었고, 저는 용기를 내어 마지막으로 한 번만 더 책을 만들어 보겠다고 결심했습니다.

그리고 기적이 일어났습니다. 음식 배달 일을 하러 오가는 지하철에서 틈틈이 쓴 소설이 세상에 나오게 된 것이었습니다. 『비가 오면 열리는 상점』이라는 이름으로 정식 출간된 책은 많은 사랑을 받아 전국 서점에 진열되었고, 영국 출판잡지에도 제 이야기와 더불어 소개되었습니다. 더욱 믿을 수 없는 건, 오래전부터 꿈꿔오던 것처럼 저의 이야기가 수많은 나라에 전해지게 된 것이었습니다.

늦은 나이에 도서관에서 낡은 작법서를 빌려 가며 써 내려간 저의 이야기가 책으로 나올 수 있었던 건, 모두 독자님들과 후원자님들이 계셨기 때문입니다. 이 소설을 쓰며 제게 찾아온 기적 같은 일들이, 이 소설을 읽는 여러분께도 일어날 수 있기를 간절히 바라봅니다.

그렇게 불안의 숲과 절망의 계곡을 지나, 좌절의 늪과 기다림의 사막을 넘어 행복의 섬에 다다를 수 있기를 진심을 담아 응원하겠습니다.

감사합니다.

2025년 1월
유영광 드림

소원을 이루어주는 섬

초판 1쇄 발행 2025년 1월 3일
초판 3쇄 발행 2025년 1월 24일

지은이 유영광

편집팀장 조은혜 **책임편집** 이샤론
디자인 studio forb
표지 그림 김지혁
지도 그림 차원여행사무국
마케팅 한민지, 신동익
제작 (주)공간코퍼레이션

펴낸이 윤성훈 **펴낸곳** 클레이하우스(주)
출판등록 2021년 2월 2일 제2021-000015호
주소 경기도 파주시 회동길 363-21, 2층
전화 070-4285-4925 **팩스** 070-7966-4925 **이메일** clayhouse@clayhouse.kr

ISBN 979-11-93235-42-3 (03810)

클레이하우스(주)가 더 나은 책을 펴낼 수 있도록 의견을 남겨주시거나 오타를 신고해주세요.
QR코드에 접속해 독자 설문에 참여해주신 분께 추첨을 통해 선물을 드리겠습니다.